© privat

Marliese Arold wurde 1958 in Erlenbach am Main geboren. Sie studierte Bibliothekswesen in Stuttgart und arbeitet seit 1983 als Schriftstellerin. Sie lebt heute wieder mit ihrer Familie in Erlenbach am Main. In der Fischer Schatzinsel sind von ihr auch ›Gespensterpark – Der Geheime Rat der Zwölf‹ (Bd. 80745) und viele andere Bücher entstanden, darunter ›Die Cityflitzer‹ (Bd. 80272), ›Die Cityflitzer jagen den Computerhacker‹ (Bd. 80302), ›Die Cityflitzer voll in Fahrt‹ (Bd. 80314), ›Die Cityflitzer auf Klassenfahrt‹ (Bd. 80326), und ›Die Cityflitzer im Liebeswahn‹ (gebunden). Weitere Bände sind in Vorbereitung.

© Fotograf

Barbara Scholz, geboren 1969 in Herford, lernte zunächst den Beruf der Druckvorlagenherstellerin. Seit dem Abschluss ihres Design-Studiums arbeitet sie mit Freundinnen in einem kleinen Atelier und illustriert Kinderbücher für verschiedene Verlage. In der Fischer Schatzinsel hat sie auch ›Gespensterpark – Der Geheime Rat der Zwölf‹ (Bd. 80745) von Marliese Arold illustriert.

Marliese Arold

Gespensterpark

Die Geheimtür zur Geisterwelt

Mit Illustrationen
von Barbara Scholz

Fischer Taschenbuch Verlag

Fischer Schatzinsel
www.fischerschatzinsel.de

Veröffentlicht im Fischer Taschenbuch Verlag,
einem Unternehmen der S. Fischer Verlag GmbH,
Frankfurt am Main, April 2008

Lizenzausgabe mit freundlicher Genehmigung
des Friedrich Oetinger Verlages, Hamburg

Satz: Pinkuin Satz und Datentechnik, Berlin
Druck und Bindung: Clausen & Bosse, Leck
Printed in Germany
ISBN 978-3-596-80744-4

Nach den Regeln der neuen Rechtschreibung

Inhalt

Die geheimnisvolle Anzeige

Das Sparschwein klang beim Schütteln verdächtig hohl.

»Wieder mal völlig pleite«, stöhnte Max. »Das wird allmählich zum Dauerzustand.« Enttäuscht stellte er das Porzellanschwein auf den Schreibtisch zurück. Es musste dringend etwas passieren, und zwar bald. Auf die neueste Maxi-CD seiner Lieblings-Popgruppe konnte Max notfalls verzichten. Aber nächste Woche würde seine Klasse einen Ausflug machen, und da wollte er sich wenigstens ein Eis leisten können. Außerdem hatte er seiner kleinen Schwester Julia versprochen, ihr eine Kleinigkeit mitzubringen.

Es hatte wenig Sinn, seine Eltern um mehr Geld zu bitten. Max hatte es oft genug versucht. Seit sein Vater arbeitslos war, wurde bei den Hoppes jeder Cent dreimal herumgedreht.

»Ich sehe auch nicht ein, dass ich mich für irgendwelche Kinkerlitzchen noch mehr abrackere als jetzt schon«, sagte Frau Hoppe immer, die halbtags als Sekretärin im Heinrich-Heine-Gymnasium arbeitete.

Kinkerlitzchen, das bedeutete in Max' Fall: Eisessen,

Kinobesuche, Comics, CDs, von Computerspielen ganz zu schweigen.
Eine Zeit lang hatte Max sein Taschengeld mit Prospektaustragen aufgebessert. Aber seit er sich mit Maik zerstritten hatte, war er den Job los. Maik hatte den Auftrag an Land gezogen. Man musste dafür nämlich mindestens vierzehn sein. Da Maik samstags mit dem Verteilen oft nicht fertig wurde, hatte er Max um Hilfe gebeten. So hatten sich die beiden Geld und Arbeit geteilt.
Aber als Maik vor zwei Wochen behauptet hatte, Max' Klassenkameradin Sophie sei eine eitle Zicke mit einer Riesenklappe, hatte es diesen Riesenkrach gegeben.
»Nimm das sofort zurück«, hatte Max Maik aufgefordert.
»Gar nichts nehme ich zurück.«
»Sophie ist überhaupt nicht zickig. Keine Spur.«
»Bist wohl verliebt in die?«, hatte Maik grinsend gefragt.
»Quatsch nicht so dumm.«
»Alles klar, Volltreffer!«
Da war Max ausgerastet und auf Maik losgegangen. Der Kampf hatte unentschieden geendet. Der Sieg nach Punkten ging an Max, worauf er insgeheim ziemlich stolz war. Immerhin war er zweieinhalb Jahre jünger als Maik. Leider herrschte seitdem Feind-

schaft zwischen den beiden, und den Job war Max auch los. Pech.
Max stocherte noch ein letztes Mal mit dem Taschenmesser in dem Schlitz herum.
Zwei Fünfcentstücke fielen aus dem Sparschwein. Er seufzte. Damit würde er nicht weit kommen. Er musste sich endlich nach einer neuen Verdienstquelle umsehen.

Kurz entschlossen schaltete er seinen Computer ein, schloss das Modem an und zog das Kabel bis zur Telefonsteckdose in den Flur. Es war immer ein bisschen kompliziert, wenn er ins Internet wollte. Der alte Computer ging dabei beinahe in die Knie. Mama hatte das gebrauchte Gerät günstig von der Schule bekommen, und das fast schon antike Modem war ein Geschenk von Max' Cousin. Das Ganze war eine Notlösung. Max ärgerte sich oft, wenn manche

Sachen nicht funktionierten, aber immerhin war ein alter Computer besser als gar kein Computer.
Das Gerät benötigte eine halbe Ewigkeit, bis es die gesuchten Seiten aus dem Internet geladen hatte. Max überflog die Anzeigen. Es kam natürlich nur ein Job infrage, den er in Heringshausen und Umgebung ausüben konnte. Das Angebot war nicht gerade berauschend.
Lehrer für Klarinettenunterricht gesucht.
»Bin nicht musikalisch«, murmelte Max. Und eine Klarinette hatte er noch nie in seinem Leben in der Hand gehabt.
Bist du jung und fotogen? War es schon immer dein Traum, Model zu werden? Dann melde dich …
Max schüttelte widerwillig den Kopf. Er ließ den Mauszeiger weiter nach unten gleiten. Der Text rutschte schneller über den Bildschirm. Beinahe hätte Max eine Anzeige übersehen.
Suche Hilfe für Gartenarbeiten. Voraussetzung: Furchtlosigkeit und Verschwiegenheit.
Er stutzte. Gartenarbeit – das wäre vielleicht etwas für ihn. Rasen mähen und Unkraut jäten, das konnte er sich gut vorstellen. Aber was bedeutete der Zusatz? Warum sollte man für diese Gartenarbeit furchtlos sein? Und warum verschwiegen?
Max grübelte. Seine Phantasie stand kopf.
Vielleicht musste man ekelhafte Sachen vergraben.

Oder Diebesgut. Verbotene und gefährliche Dinge. Oder sogar –

Nein!

Er schüttelte den Kopf. Dann hätte man ja einen Totengräber gesucht. Von einem Friedhof stand jedenfalls nichts in der Anzeige.

Vielleicht war der Garten ein Paradies für Fleisch fressende Pflanzen – richtig gemeine, bissige Dinger, die man nur mit Handschuhen anfassen konnte …

Oder jemand baute massenweise Hanf und Mohn an, um daraus Rauschgift herzustellen …

Max schluckte. Er wollte kein Feigling sein. Außerdem brauchte er einen Job.

Sollte er anrufen? Jetzt gleich?

Die Zeit war günstig, die Eltern waren gerade mit seiner Schwester zur Anmeldung in der Schule. Julia war sechs, sie würde im Sommer in die erste Klasse kommen. Darauf freute sie sich schon riesig.

Max ging zum Telefon und tippte die Nummer ein, die er sich auf einem Zettel notiert hatte.

Es tutete etliche Male. Offenbar war am anderen Ende der Leitung keiner zu Hause.

Max wollte gerade enttäuscht auflegen, als sich plötzlich doch jemand meldete.

»Hartriegel, ja?« Es war eine brüchige Altmännerstimme. Sie klang abgehetzt, so als wäre der Alte von weit her zum Telefon gesprintet.

»Hier ist Max Hoppe«, sagte Max mit belegter Stimme. »Ich hab gerade Ihre Anzeige im Internet gelesen. Ist der Job schon vergeben?«
Der Alte kicherte leise. »Viele Bewerber und genauso viele Nieten.«
Nieten? Das hörte sich nach ziemlich hohen Anforderungen an.
Max platzte beinahe vor Neugier. »Warum muss man furchtlos sein?«, sprudelte es aus ihm heraus.

»Sonst kannst du nicht durch die Allee der Träume gehen«, antwortete der Alte.
»Allee der Träume?«, fragte Max verwundert nach. Nahm ihn der Mann auf den Arm? Er überlegte, ob er es vielleicht mit einem Irren zu tun hatte.
»Ja«, sagte der Alte mit größter Selbstverständlichkeit. »Noch nie einen Albtraum gehabt?«
»Doch.«

»Na also.«
Max machte eine kleine Pause. »Und warum soll ich verschwiegen sein?«, fragte er weiter. »Ist es was Verbotenes? Dabei mach ich nicht mit, das sag ich Ihnen gleich.«
»Dein Schweigen dient dem Wohl aller«, sagte der Alte. »Das Weitere besprechen wir morgen. Komm um drei Uhr zu mir. Wacholderweg 29.«
Es klickte in der Leitung. Der Alte hatte aufgelegt.
Max starrte den Hörer an.
»Der hat einen Vogel«, sagte er kopfschüttelnd. »Der tickt nicht richtig. Oder die Sache stinkt.«
Trotzdem war er entschlossen hinzugehen. Denn das kostete schließlich nichts.

Der dreizehnte Bewerber

Am darauf folgenden Nachmittag zog Max seinen Anorak an und vergewisserte sich, dass er den Fahrradschlüssel bei sich hatte. Der Wacholderweg befand sich ganz am Ortsrand. Er würde also ein gutes Stück radeln müssen, erst an der Freizeitanlage mit dem Schwimmbad und den Tennisplätzen vorbei und dann rechts ab.

Eine Viertelstunde später war er dort. Am Wacholderweg standen einige alte Villen, manche schön hergerichtet, manche ziemlich heruntergekommen. Max hielt Ausschau nach der Hausnummer. Die »27« entdeckte er ohne Schwierigkeiten, doch danach kam eine wilde, hohe Hecke, die endlos schien. Max radelte daran entlang, bis der Wacholderweg in einen Waldweg überging. Einen Eingang oder ein Haus mit der Nummer 29 fand er nicht.

Verärgert hielt Max an. Er war aus der Puste, denn er hatte sich sehr beeilt. Auf keinen Fall hatte er gleich beim ersten Mal zu spät kommen wollen. Doch jetzt sah es ganz danach aus, als sei er an der Nase herumgeführt worden. Max spürte, wie Enttäuschung in ihm hochstieg.

»*Allee der Träume*«, schnaubte er. »Ich hätte gleich wissen müssen, dass sich der Alte den Quatsch bloß ausgedacht hat.«
Langsam radelte er zurück, wütend darüber, dass er den Weg umsonst gemacht hatte. Als er ungefähr in der Mitte der Hecke angekommen war, stutzte er und bremste hart ab. Plötzlich war dort ein hohes, schmiedeeisernes Tor mit einer verschnörkelten »29« zu sehen. Am rechten Flügel hing sogar ein Briefkasten.
Max stieg kopfschüttelnd vom Rad.
»Das gibt's doch gar nicht. Das Tor war eben bestimmt noch nicht da. Das *kann* ich nicht übersehen haben. Unmöglich!«, brummte er vor sich hin.
Vorsichtig berührte er die eisernen Stangen. Sie fühlten sich fest und kalt an. Also war das Tor keine Sinnestäuschung. Max betrachtete den Briefkasten. »A. Hartriegel« stand auf einem fast unleserlichen Schild.
Eine Klingel war nirgends zu sehen. Max drückte gegen das Tor. Ein Flügel öffnete sich. Dahinter begann ein Kiesweg, links und rechts gesäumt von dichten Tannen. Max zögerte, dann schob er sein Fahrrad durch das Tor und über den Kies. Nach wenigen Metern machte der Weg einen scharfen Knick. Max blieb überrascht stehen.
Ungefähr fünfzig Meter vor ihm lag ein romantisches

Schlösschen. Es war umgeben von einem wunderbaren Park mit Blumenbeeten, marmornen Figuren, Brunnen und Teichen ... Buschige Schneeglöckchen und lilafarbene Krokusse vermittelten einen ersten Eindruck davon, wie schön der Park im Frühling und Sommer sein musste.

»Wahnsinn«, murmelte Max. Er hatte noch nie etwas von diesem schönen Schlösschen und dem Park gehört, dabei wohnten die Hoppes schon seit sechs Jahren in Heringshausen.

Im vorigen Schuljahr hatte Max mit seiner Klasse einen Ausflug zu einem anderen Schlosspark gemacht. Solche gepflegten Gärten waren oft die Sehenswür-

digkeit eines Ortes, und Besucher durften sie gegen ein Eintrittsgeld anschauen. Dieser Schlosspark dagegen schien überhaupt nicht bekannt zu sein. Jedenfalls war er nicht einmal auf den Ansichtskarten von Heringshausen zu sehen.

Hier also sollte Max die Gartenarbeit machen. In einem richtigen Schlosspark!

Von irgendwoher schlug es drei Uhr.

»Pünktlich, pünktlich«, sagte eine Stimme dicht hinter seinem Kopf. »Das lob ich mir.«

Max zuckte zusammen und schnellte herum.

Hinter ihm war – wie aus dem Nichts – ein alter Mann aufgetaucht. Er hatte eine schlohweiße Mähne und ein verwittertes Gesicht, das aussah, als sei es aus Holz geschnitzt.

Max starrte den Mann an. Wie hatte der Alte hinter ihn treten können, ohne dass er etwas bemerkt hatte? War er hinter den Tannen hervorgeschlichen? Auf dem Kiesweg hätte man doch zumindest Schritte hören müssen.

»Na, fass dich wieder«, sagte der Alte. »Seh ich so aus, als ob ich dich fressen wollte?« Er lächelte.

»Nnnein«, stammelte Max. »Ich habe mich nur erschrocken, weil Sie so plötzlich hinter mir standen.« Er streckte dem Alten die Hand entgegen. »Ich bin Max Hoppe.«

»Amadeus Hartriegel.« Der Alte ergriff Max' Hand

und drückte sie. Max fühlte, wie rau und schwielig seine Finger waren. Die dunkelbraunen Augen musterten den Jungen von Kopf bis Fuß. Sie schienen jede Einzelheit zu erfassen.

»Ich hab gar nicht gewusst, dass es hier ein Schloss gibt«, sagte Max. »Zuerst hab ich auch den Eingang nicht gefunden. Wirklich merkwürdig, aber ich hätte schwören können, dass gar kein Tor in der Hecke war. Ich hab den Eingang erst gesehen, als ich zurückgefahren bin.«

Er erwartete eine Antwort wie »Du musst eben deine Augen besser aufmachen!«. Doch stattdessen erwiderte Hartriegel: »Nicht alle Besucher sind hier willkommen. Deswegen gibt es diesen Schutz.«

»Was für einen Schutz?«, fragte Max neugierig.

»Du hast ja bestimmt auch ein Passwort für deinen Computer, damit kein anderer damit Unfug treibt«, sagte Hartriegel und winkte Max, dass er ihm zum Schloss folgen sollte.

»O ja, klar«, stammelte Max und stolperte mit seinem Fahrrad hinterher.

Es stimmte, einen Computer konnte man gegen unerwünschte Benutzer sperren. Mit Passwörtern ließ sich verhindern, dass Fremde etwas mit den eigenen Daten anstellten.

Aber ein Tor war doch etwas anderes als ein Computer! Max hatte das Tor nicht GESEHEN. Ein Tor konnte nicht einfach verschwinden und dann plötzlich wieder da sein. Die Welt funktionierte nach festen Regeln. Und die sahen nicht vor, dass bestimmte Dinge einfach auftauchten und wieder verschwanden!

»Gehört Ihnen das Schloss?«, fragte Max, als er sein Fahrrad vor dem Gebäude abstellte.

»Ich bin nur eine Art Verwalter«, antwortete Hartriegel. »Verwalter und Gärtner in einem. Ich kümmere mich um den Park, bis der rechtmäßige Erbe wieder auftaucht. In der letzten Zeit haben sich allerdings einige Dinge zugespitzt. Deswegen ist mein Antrag endlich angenommen worden, und der GRZ hat mir einen Hilfsgärtner bewilligt.«

»GRZ?«, hakte Max nach.

»Der *Geheime Rat der Zwölf*«, erklärte Hartriegel.

Das hörte sich spannend an. »Und was ist das?«, wollte Max wissen.

»Eine Organisation alter weiser Männer und Frauen.« Hartriegel wandte sich um und sah Max über die Schulter hinweg an. »Nenn es einfach einen Club der Ge... äh ... der Gartenfreunde.«

Club der Gartenfreunde. Max war enttäuscht. Das klang schon wesentlich harmloser. Wahrscheinlich handelte es sich um einen Verein von Pflanzenliebhabern, die den Schlosspark sponserten.

»Und deswegen habe ich die Anzeige ins Internet gestellt«, fuhr Hartriegel fort. »Es ist nicht leicht, den

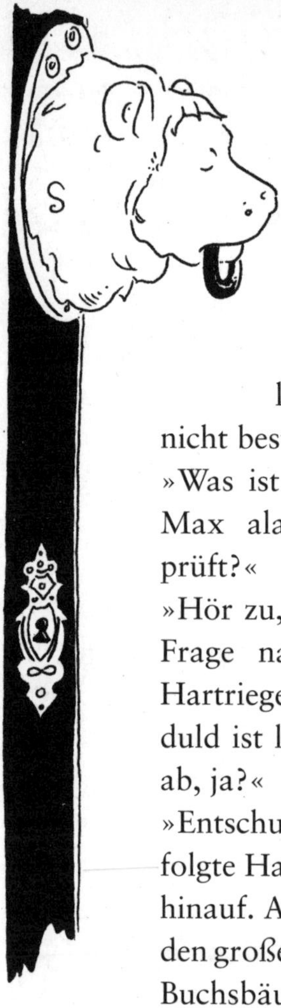

richtigen Helfer zu finden. Du bist der dreizehnte Bewerber.«

»Der dreizehnte?«, wiederholte Max verblüfft.

»Sechs sind erst gar nicht zum Tor reingekommen, vier weitere sind auf der Stelle ausgeschieden und die letzten beiden haben die Prüfung nicht bestanden.«

»Was ist das für eine Prüfung?«, fragte Max alarmiert. »Werde ich auch geprüft?«

»Hör zu, seit du hier bist, stellst du eine Frage nach der anderen«, antwortete Hartriegel ein wenig ruppig. »Meine Geduld ist langsam zu Ende. Warte einfach ab, ja?«

»Entschuldigung«, murmelte Max. Er folgte Hartriegel die Treppe zum Eingang hinauf. Auf der steinernen Brüstung standen große Blumentöpfe. Die immergrünen Buchsbäume, die darin wuchsen, hatten die Form von Tieren. Manche sahen aus wie Enten, andere wie Schweine oder Schnecken. Bestimmt machte es eine Menge Arbeit, die Pflanzen so kunstvoll zu beschneiden.

»Außerdem ist es nur ein kleiner Eignungstest«, sagte Hartriegel unvermittelt.

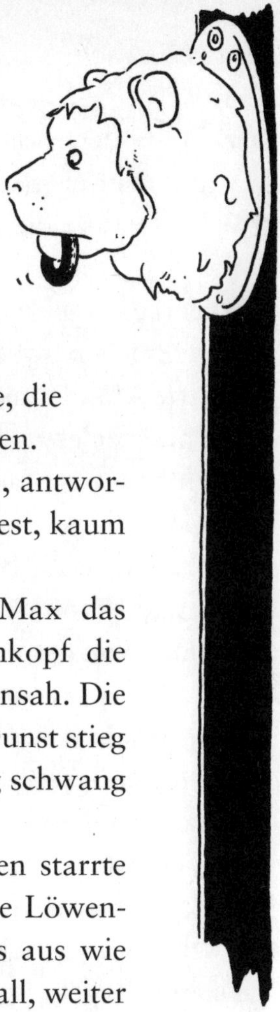

»Wie?«, fragte Max, völlig fasziniert von der prunkvollen Eingangstür des Schlosses.

An der zweiflügeligen Eichentür hingen zwei eiserne Löwenköpfe, die jeweils einen Ring im Maul hatten.

»Die Prüfung für die Bewerber«, antwortete der Alte. »Nur ein kleiner Test, kaum der Rede wert.«

Einen kurzen Moment hatte Max das Gefühl, dass der rechte Löwenkopf die Augen bewegte und ihn streng ansah. Die Nüstern weiteten sich, leichter Dunst stieg daraus empor und der Eisenring schwang sachte hin und her.

Max zuckte zurück. Erschrocken starrte er den Kopf an. Aber der rechte Löwenkopf sah jetzt genauso harmlos aus wie der linke. Nur ein Ding aus Metall, weiter nichts. Max schluckte. Fing er schon an, Gespenster zu sehen?

Hartriegel drückte den rechten Türflügel auf. Sie betraten eine große, düstere Halle. In der Luft hing ein schaler Geruch. Max schnupperte. Wie in einem Museum …

Der Fußboden bestand aus poliertem, schwarzem Marmor. Ein großer roter Stern war darin eingelassen. Max zählte die Zacken.

Fünf.

Ein Pentagramm oder Drudenfuß.

So ein Zeichen sollte die bösen Geister fernhalten, das hatte Max einmal in einem Buch über Magie im Mittelalter gelesen. Er spürte, wie sich die Härchen auf seinen Armen aufstellten. Was für ein seltsames Schloss!

Max blickte nach oben. Von der Hallendecke hing ein riesiger Kronleuchter mit Tausenden und Abertausenden von geschliffenen Glasplättchen.

»Coole Lampe«, sagte Max und versuchte, die Nervosität in seiner Stimme zu verbergen.

»Ja, sehr wertvoll«, antwortete Hartriegel und winkte Max nach links in den Flur. Dort öffnete er die Tür zu seinem Büro. »Hier herein.«

Das Zimmer war voller Aktenordner und Bücher. In der Mitte stand ein Schreibtisch, der über und über mit Papierstapeln bedeckt war.

»Warum willst du den Job haben?«, fragte Hartriegel.

»Weil ich Geld brauche«, rutschte es Max heraus. Gleich darauf überlegte er, ob es nicht besser gewesen wäre, wenn er so etwas wie »Weil ich Gartenarbeit liebe« gesagt hätte.

»Eine ehrliche Antwort.« Hartriegel lächelte und setzte sich an den Schreibtisch, um einige Formulare auszufüllen.

»Dein Name?«

»Max Hoppe. Mit zwei ›p‹.«

»Wie alt?«

»Elf. Fast zwölf.«

Max wurde unsicher, als Hartriegel ihn musterte. Glaubte der Alte, er sei dem Job nicht gewachsen? Max war groß und sehr schlank. Aber er hatte auch ganz schön Kraft. Seine Größe, das dunkle Haar und die braunen Augen hatte er von Papa geerbt. Die Ausdauer und die Neigung, allen Sachen immer auf den Grund zu gehen, stammten von Mama.

»Hast du schon mal Gartenarbeit gemacht?«, fragte Hartriegel weiter.

»In den Ferien helfe ich manchmal meinem Opa. Ich kann Rasen mähen, mit dem Kantenschneider umgehen, Unkraut jäten und Dünger verteilen.« Max überlegte. Was hatte er noch gemacht? »Rosen hab ich auch schon mal beschnitten. Opa hat mir gezeigt, wie es geht. Man muss gucken, wo die Rosen ihre Augen haben …«

»Hervorragend.« Der Alte nickte. »Bist du gegen Tetanus geimpft?«

»Ich glaub schon«, sagte Max. »Meine Mutter hat mich gegen alles Mögliche impfen lassen.«

»Na gut.« Hartriegel stand wieder auf. »Das mag für den Anfang genügen. Die Praxis wird zeigen, ob du für die Arbeit geeignet bist. Willst du gleich anfangen?«

»Ja.«

»Dann komm.«

Kein Job für schwache Nerven

Sie verließen das Schloss durch den Hintereingang. Max hätte gerne gewusst, welche Räume sich hinter den vielen Türen verbargen, aber eine Schlossbesichtigung war nicht geplant. Hartriegel führte Max zu einem kleinen, gemauerten Schuppen, in dem die Gartengeräte aufbewahrt wurden.

»Kannst du mit einem Spaten umgehen?«

»Klar.«

Hartriegel zeigte auf ein Beet, das Max umgraben sollte. Die Fläche war nur ungefähr einen Quadratmeter groß.

»Da ist jahrelang nichts mehr getan worden. Die Erde ist wahrscheinlich ein bisschen fest. Du wirst Kraft und Geduld brauchen.«

»Schaff ich locker«, murmelte Max. Er hatte bei seinem Großvater schon viel größere Flächen umgegraben.

»Die Steine, die du findest, wirf einfach in die Schubkarre und lade sie später hinter dem Schuppen ab.«

»Okay.« Max sah sich um. »Mehr gibt's nicht zu tun?«

»Für heute genügt es«, meinte Hartriegel. »Aber falls

du noch Lust hast, kannst du die vertrockneten Stängel abschneiden.« Er deutete auf ein anderes Beet. Dann zeigte er Max, wo die Gartenschere hing, und wies ihn an, Handschuhe anzuziehen. »Wenn du fertig bist, kommst du wieder in mein Büro.«

Max nickte, und Hartriegel verschwand.
Der Junge machte sich an die Arbeit. Er schätzte, dass er höchstens eine Stunde für alles brauchen würde. Mit Feuereifer stieß er den Spaten in die Erde. Der Boden war nicht so fest, wie er befürchtet hatte. Max kam gut voran. Er pfiff fröhlich vor sich hin und malte sich aus, was er von dem Geld, das er verdienen würde, alles kaufen konnte.
Die Schubkarre füllte sich. Erstaunlich, wie viele Steine in dem kleinen Beet steckten!

»Steine wachsen in der Erde«, behauptete Max' Großvater immer, aber Max hatte es ihm nicht geglaubt.
Wieder warf Max einen Stein in die Schubkarre. Es polterte so schön, wenn er auf das Metall traf. Doch diesmal hüpfte der Stein wieder heraus, und Max musste ihm nachjagen.
Als Max erneut zu seinem Spaten griff, kam es ihm vor, als sei das umgegrabene Stück kleiner geworden.
»So ein Quatsch! Das gibt's doch nicht!« Mit Schwung nahm Max die Arbeit wieder auf. Allmählich fing er an zu schwitzen und zog den Anorak aus. Nach einer Weile spürte er seine Muskeln, und an den Händen hatten sich die ersten Blasen gebildet.
Max musste eine Pause machen. Er schaute auf seine Armbanduhr und stellte fest, dass er schon fast eine Stunde lang gegraben hatte. Und er hatte noch nicht einmal ein Viertel der kleinen Fläche geschafft!
Immer öfter musste er sich ausruhen. Aber jedes Mal, wenn er eine Pause einlegte, schien sich das umgegrabene Stück wieder in feste Erde zu verwandeln.
Schließlich warf Max wütend den Spaten hin.
»Mist, das ist doch richtig verhext!«
Er hatte keine Lust mehr. Jemand hielt ihn zum Narren!
Dabei konnte das, was gerade passierte, überhaupt

nicht passieren. Kein frisch umgegrabenes Stück Erde konnte sich wieder in festen Boden zurückverwandeln, sobald man ihm den Rücken kehrte.
Aber genauso war es.
Max überlegte, ob er ins Schloss gehen und sich beschweren sollte. Vermutlich war er dann den Job los. Der Alte würde ihm bestimmt kein Wort glauben, wenn er ihm erzählte, was geschehen war. Max glaubte es ja selbst nicht.
Unschlüssig kratzte er sich am Kopf. Trockene Erde rieselte von seinen Fingern. Max begutachtete seine Blasen.
Es konnte doch nicht so schwer sein, dieses winzige Stück umzugraben!
Da kam ihm ein Einfall.
»Moment mal«, murmelte Max vor sich hin. »Immer wenn ich eine Pause gemacht oder mich umgedreht habe, ist der Boden wieder fest geworden. Was passiert wohl, wenn ich das Stück ohne Pause umgrabe?«
Er biss die Zähne zusammen und griff wieder zum Spaten. Schweißtropfen standen auf seiner Stirn. Seine Arme wurden immer schwerer, aber Max gab nicht auf. Verbissen stach er mit dem Spaten in den Boden, warf die Erde um, zog den Spaten heraus und trat ihn erneut in die Erde. Die Steine klaubte er heraus und warf sie hinter sich, ohne sich umzudrehen.

Die Methode schien zu funktionieren. Bald war Max bei der letzten Reihe. Seine Arme machten kaum noch mit.
»Noch ... eins ... und noch eins ...« Max keuchte. Es war fast geschafft. Beim letzten Spatenstich klirrte etwas. Der Junge bückte sich. Diesmal zog er einen runden, grünlichen Stein aus der Erde. Als er genau hinsah, entdeckte er, dass darauf Zeichen eingeritzt waren.
»Wow!« Aufgeregt rieb Max den Stein an seiner Hose ab, bis er zu glänzen anfing. So etwas hatte er noch nie gesehen. Eine Seite zeigte einen Drudenfuß, die andere ein vierblättriges Kleeblatt.
Max schluckte. War das ein Schmuckstück? Der Drudenfuß erinnerte ihn an das Pentagramm in der Schlosshalle. Ein magisches Zeichen. Sollte das Ding vielleicht vor bösen Einflüssen schützen? Hatte er ein altes Amulett gefunden?
Einen Moment lang war Max versucht, den Stein einfach einzustecken und mit nach Hause zu nehmen. Doch dann überlegte er es sich anders. Der Stein gehörte zum Schlosspark und Hartriegel war der Verwalter. Max würde ihm den Fund zeigen.
Er schob die Schubkarre zum Schuppen und lud die anderen Steine dahinter ab, wie es ihm aufgetragen worden war. Dann stellte er den Spaten weg und holte sich die Gartenschere.

Es wurde schon dämmrig, als Max auch noch alle trockenen Stängel abgeschnitten hatte. Sein Rücken schmerzte, als er sich aufrichtete.
Über dem Park lag jetzt ein leichter Dunstschleier, der die Landschaft wie verwunschen aussehen ließ. Es war, als sei der Park noch in tiefem Winterschlaf versunken. Beim genaueren Hinsehen entdeckte Max jedoch, dass schon einige Knospen aus dem Boden spitzten.
Todmüde schob er die Schubkarre zurück, räumte die Gartenschere weg, verriegelte den Schuppen und ging zum Schloss.
Hartriegel blickte von seinem Schreibtisch auf, als Max ins Büro trat.
»Na, alles erledigt?«
Max nickte. Dann zog er den grünen Stein aus seiner Anoraktasche und legte ihn auf den Schreibtisch.
»Den hab ich beim Umgraben gefunden.«
»Oh«, sagte Hartriegel überrascht und drehte den Stein erfreut zwischen den Fingern. »Ein seltener Fund. Das ist eine Schutzgemme.«
»Eine Schutzgemme?«, wiederholte Max neugierig. »Wovor soll sie denn schützen?«
»Es gibt auf der Welt mehr böse Kräfte, als du dir vorstellen kannst, mein Junge.«
Wieder eine von Hartriegels rätselhaften Antworten. Doch diesmal wollte Max es genau wissen.

»Reden Sie von … Magie?«
Im gleichen Moment rutschte hinter ihm ein Stapel Bücher aus einem der Regale und fiel polternd auf den Boden. Max zuckte zusammen und fuhr herum.
»Was war das?«
»Nur ein paar Bü…« Hartriegel verstummte, denn in diesem Augenblick flatterten einige Zettel vom Schreibtisch und segelten auf den Boden.
Max riss die Augen auf. »Was … wie kann das sein?«
»Ein Luftzug«, antwortete Hartriegel schnell. »Die Fenster schließen nicht mehr richtig.«
»Aber draußen ist es doch ganz windstill«, widersprach Max und sah fassungslos zu, wie sich

weitere Zettel vom Schreibtisch hoben und durch die Luft flatterten.

»Das liegt an der Besonderheit von alten Gebäuden«, ächzte Hartriegel. »Da entstehen nämlich alle möglichen Strömungen und Luftzüge, weißt du …« Er beugte sich über den Schreibtisch, um die restlichen Papiere festzuhalten.

Wieder fielen ein paar Bücher aus dem Regal, diesmal auf der anderen Seite.

»Schluss!«, sagte Hartriegel laut.

Daraufhin war es still. Vorsichtig nahm Hartriegel die Arme vom Schreibtisch und setzte sich wieder auf seinen Stuhl.

»Nun, Max, wie gefällt dir die Arbeit?«

Max zögerte. Er wusste nicht, ob es klug war, von dem verhexten Stück Erde zu erzählen. Vielleicht hatte er sich die Sache doch nur eingebildet. Deswegen sagte er nur: »Ich hab gedacht, ich würde schneller vorankommen.«

»Und ich war überzeugt, dass du es nicht am ersten Tag schaffst«, entgegnete der Verwalter. »Du hast Ausdauer und bist klug.«

Im gleichen Augenblick begriff Max, dass das verflixte Beet seine Prüfung gewesen war.

Neugierig beugte er sich vor. »Wie haben Sie den Trick hingekriegt?«

»Welchen Trick?«, fragte Hartriegel zurück.

»Na, das mit dem Beet! Ich will wissen, wie Sie das gemacht haben.«
»Ich hab gar nichts gemacht«, sagte Hartriegel. »Und du solltest deine Neugier etwas bezähmen.«
»Also hab ich den Job?«
Hartriegel lächelte. »Du scheinst der richtige Bewerber zu sein, sonst hätte die Schutzgemme dich nicht gefunden.«
Max freute sich über das Lob, aber gleichzeitig schwirrte ihm der Kopf. Er fand es sehr verwirrend, wie Hartriegel sich ausdrückte.
»Sie meinen, sonst hätte *ich* die Schutzgemme nicht gefunden.«
»Nein«, widersprach Hartriegel. »Schutzgemmen suchen sich denjenigen aus, der sie finden soll. Und deswegen gehört der Stein dir.« Er schob den grünen Stein über den Tisch zu Max hinüber. »Pass gut auf ihn auf.«
»Danke.« Max, noch immer leicht verwirrt, steckte den Stein in seine Hosentasche.
»Kannst du morgen wieder kommen?«, fragte Hartriegel. »Sagen wir, wieder um drei?«
»Ja.«
»Gut. Dann bis morgen.«
Max verstand, dass er damit für heute entlassen war. Er wollte aber nicht gehen, bevor er nicht wusste, wie viel er für seine Arbeit bekommen würde.

»Ist noch was?«
»Mein Lohn.« Max bekam einen roten Kopf.
»Ich schreib mir deine Arbeitsstunden auf und am Ende der Woche wird abgerechnet. Pro Stunde zahle ich dir vier Euro. Ist das in Ordnung?«
Max nickte.
In diesem Moment klatschte etwas auf den Schreibtisch. Max hörte das Geräusch ganz deutlich und sah, wie ein paar Zettel niedergedrückt wurden. Es raschelte, und Hartriegel zuckte zurück. Er griff unwillkürlich an seine Schulter, gerade so, als sei etwas dorthin gesprungen oder geflogen.
Max beobachtete, wie Hartriegel kurz die Luft über seiner Schulter streichelte. Als der Verwalter merkte, dass der Junge ihm zusah, versuchte er, eine harmlose Bewegung daraus zu machen.
»Eine Fliege ... so ein lästiger Brummer ...«
Max war hundertprozentig sicher, dass sich keine Fliege im Raum befand. Er wusste nicht, was es war, doch er hatte ganz stark das Gefühl, dass es hier nicht mit rechten Dingen zuging.
»Also dann auf Wiedersehen«, sagte Hartriegel und lächelte ein bisschen gezwungen.
»Wiedersehen«, wiederholte Max mit schwacher Stimme. Rasch verließ er den Raum und zog die Tür hinter sich zu.
Ihm war so flau im Magen, dass er sich im Flur einen

Moment an die Wand lehnen musste. Das Herz klopfte ihm bis zum Hals. Fing er jetzt an zu spinnen?

Da hörte er, wie Hartriegel im Büro sagte: »Es reicht, Nepomuk!«

Es war derselbe strenge Tonfall, mit dem er vorhin »Schluss!« gesagt hatte.

Max atmete tief durch.

Mit wem unterhielt sich der Verwalter? Es war doch sonst niemand im Zimmer gewesen.

Aber wer oder was hatte die Bücher vom Regal geworfen?

Was hatte die Zettel auf dem Schreibtisch durcheinandergebracht?

Und wer, verflixt nochmal, war Hartriegel zuletzt auf die Schulter gesprungen?

Am liebsten hätte Max noch einmal die Tür geöffnet. Er streckte schon die Hand nach der Klinke aus, aber im gleichen Moment fing es im Zimmer wieder an zu poltern. Max war verunsichert und zögerte. Dann entschied er sich dafür, Hartriegel lieber in Ruhe zu lassen, und lief den Flur entlang zum Ausgang.

Ein vertrauliches Gespräch

Kurz darauf wurde vom Schloss aus ein Telefonat geführt.

»*Sie sagen, er hat die Prüfung bestanden?*«

»Nur den kleinen Ausdauer-Test, Schwierigkeitsgrad 2. Er ist schließlich erst elf.«

»*Erst elf? Dann ist er ja noch ein Kind! Sind Sie wahnsinnig geworden, Hartriegel?*«

»Er macht einen ganz pfiffigen Eindruck.«

»*Pfiffig! Das nützt uns gerade etwas! Sie wissen, welche Eigenschaften Ihr Kandidat besitzen muss, nämlich absolute Furchtlosigkeit –*«

»Und Verschwiegenheit. Mein Gedächtnis funktioniert noch vortrefflich.«

»*Werden Sie nicht frech, Hartriegel.*«

»Darum bitte ich auch Sie.«

»*Wissen Sie überhaupt, welche Verantwortung Sie tragen?*«

»Jawohl, das weiß ich ganz genau. Und es stinkt mir gewaltig. Ich bin überfordert. Ich will endlich meine Aufgabe abgeben. Aber dieser Luftikus treibt sich munter in Amerika herum und kümmert sich nicht um sein Erbe.«

»Wir wissen nicht, ob er tatsächlich in Amerika ist.«
»Jedenfalls ist er nicht hier, und ich habe es satt. Ursprünglich war ich nichts weiter als ein Gärtner. Säen, pikieren, umtopfen – mit solchen Sachen kenne ich mich aus. Ich beobachte die Pflanzen gerne beim Wachsen und freue mich, wenn sie gedeihen ... Eine solche Aufgabe hingegen hätte ich mir nie und nimmer freiwillig ausgesucht.«
»Denken Sie an Ihr Versprechen!«
»Ich denke an nichts anderes. Und ich bereue es bitter, dass ich dieses Versprechen gegeben habe. Aber einem Todkranken verspricht man alles. *›Sie müssen mir helfen, Hartriegel. Sie sind meine einzige Stütze.‹* Und dann dieser fiebrige Blick aus den eingefallenen

Augen. ›*Kümmern Sie sich um die Geschöpfe. Sorgen Sie für ihr Wohl.*‹ Und ich Idiot habe ›Ja‹ gesagt, nur damit er endlich ruhig sterben kann.«

»*Richtig. Damit haben Sie ein Vermächtnis übernommen.*«

»Was ich sehr bedauere. In der letzten Zeit hab ich kaum noch geschlafen. Die Kreaturen in Abteilung vier werden immer unruhiger. Die sind kurz vor dem Aufstand. Ich weiß nicht, wie lange die Absperrungen noch halten. Ich kann mir einfach nicht erlauben, noch mehr Zeit zu verlieren. Und ich brauche endlich Unterstützung, so geht es nicht weiter. Deswegen bin ich froh, dass der Junge gekommen ist.«

»*Aber er ist ein Kind! Kinder sind neugierig, stecken ihre Nase überall rein, halten nie die Klappe, scheuen Verantwortung …*«

»Dieser Junge ist anders.«

»*Hoffentlich haben Sie keinen Fehler gemacht, Hartriegel. Sie können sicher sein, dass sich der Geheime Rat der Zwölf mit dieser Angelegenheit beschäftigen wird. Wenn eines der Geschöpfe entwischt, kann es zu katastrophalen Folgen kommen. Und dann werden Sie zur Verantwortung gezogen, Hartriegel!*«

Die Macht der Schutzgemme

»Muk-muk-muk!«

Gequält drückte Max auf den Knopf des Funkweckers. Gerade eben hatte er noch geträumt, dass er durch ein großes Labyrinth gelaufen war. In der Mitte war ein knallrotes Chinchilla auf ihn zugehüpft, auf seine Schulter gesprungen und hatte ihm ins Ohr gequiekt: »Ich bin Nepomuk-muk-muk …«

Benommen stieg Max aus dem Bett und tappte ins Bad. Beim Frühstück war er so schweigsam, dass Papa fragte, was mit ihm los sei.

»Nichts«, murmelte Max. »Ich mag jetzt einfach nicht reden. Geht dir doch manchmal ähnlich, oder?«

Mama lächelte. »Meine beiden liebsten Morgenmuffel«, sagte sie zärtlich. »Aber morgen ist Samstag, da könnt ihr ausschlafen.« Sie hatte morgens nie Probleme mit dem Wachsein. Julia war genauso. Sie konnte schon um sechs Uhr früh ununterbrochen plappern. Papa dagegen brauchte erst mal einen Kaffee, und auch Max war vor acht Uhr selten richtig gesprächig.

Deswegen passte es ihm eigentlich gar nicht, dass Sophie ihn sofort in Beschlag nahm, als er das Klassenzimmer betrat. Sie setzte sich auf seinen Tisch, sodass er noch nicht einmal seine Sachen ausbreiten konnte.

»Na, wie geht's?«, fragte sie munter, während sie ihr blondes Haar zu einem Pferdeschwanz zusammendrehte.

»Gut. Ich hab nämlich einen Job«, antwortete Max. Weil Sophie keine Anstalten machte, ihren Platz zu räumen, baute er vorsichtig sein Federmäppchen neben ihr auf und legte das Lineal dazu.

»Was für einen Job?«

»Gartenarbeit.« Max drehte seine Hände um, sodass Sophie die Blasen sehen konnte. »Ich hab gestern wirklich schwer geschuftet und heute geht's weiter.«

»Und wie viel kriegst du dafür?«

»Vier Euro die Stunde.«

»Hm«, machte Sophie. Dann beugte sie sich vor. »Kannst du mir heute Nachmittag Mathe erklären? Wenn wir nächste Woche eine Arbeit schreiben, bin ich verloren. Ich hab nichts kapiert. Null.«

Max überlegte. »Ich hab höchstens eine Stunde Zeit. Du musst aber gleich nach dem Mittagessen kommen.«

»Okay.« Sophie rutschte vom Tisch. Im gleichen Moment klingelte es.

Frau Güllscher, die Erdkundelehrerin, war die Pünktlichkeit in Person. Auch an diesem Morgen. Im üblichen Sturmschritt kam sie in die Klasse und donnerte ihre Tasche aufs Pult.

»Guten Morgen. Alle da, keiner fehlt? Bücher und Hefte vom Tisch, wir schreiben einen Test. Ich hoffe, ihr seid gut vorbereitet. Sophie und Jonas, bitte kommt nach vorne und verteilt die Arbeitsblätter.«

Mist!, dachte Max, nachdem er die Fragen durchgelesen hatte. Er sollte die Namen aller sechzehn Bundesländer aufzählen. Außerdem wollte Frau Güllscher wissen, welche Industriezweige typisch für bestimmte Städte waren. In Max' Kopf herrschte völlige Leere. Er ärgerte sich. Hätte er heute Morgen doch wenigstens noch einen einzigen Blick in das Erdkundebuch geworfen! Das würde diesmal sicher eine dicke, fette Sechs geben! Max konnte sich Mamas Gesicht schon lebhaft vorstellen.

Da drückte etwas Hartes gegen seinen Oberschenkel. Max fuhr mit der linken Hand in die Hosentasche und spürte die Schutzgemme.

Im selben Moment landete ein zusammengeknüllter Zettel auf seinem Tisch. Blitzschnell schloss Max die freie Hand darum. Noch nie hatte er bei Klassenarbeiten fremde Hilfe bekommen. Wahrscheinlich war der Zettel nur versehentlich auf seinem Tisch gelandet. Sein Herz klopfte bis zum Hals, als er das Papierstück vorsichtig entrollte. Frau Güllscher blickte gerade aus dem Fenster.

Die richtigen Antworten!
Max' Hand zitterte vor Aufregung, als er sein Arbeitsblatt ausfüllte. Er erwartete jeden Augenblick, dass er beim Spicken erwischt und ein Donnerwetter über ihn hereinbrechen würde.
Nachdem er die Antworten abgeschrieben hatte, knüllte er den Zettel wieder zusammen und ließ ihn unter dem Tisch verschwinden.
Im gleichen Moment drehte sich Frau Güllscher um.
»Alle Füller zur Seite legen. Die Blätter von hinten nach vorne einsammeln.«
Wieder waren Sophie und Jonas im Einsatz. Als Sophie an Max vorbeiging, zwinkerte sie ihm zu. Jetzt wusste Max, von wem der Spickzettel stammte. Frau

Güllscher verstaute die Arbeitsblätter in ihrer schwarzen Tasche und fuhr dann mit dem Unterricht fort. Max nahm sich vor, sich bei Sophie für die Hilfe zu bedanken, aber in den Pausen stand sie jedes Mal mit zwei anderen Mädchen zusammen und nach Schulschluss war sie sofort verschwunden.

Sophie lässt nicht locker

Gleich nach dem Mittagessen läutete Sophie bei den Hoppes an der Tür.
Max' Mutter öffnete. »Hallo, Sophie.« Sie lächelte. »Wir haben uns ja schon bei der Weihnachtsfeier in der Schule kennengelernt. Du warst der Engel.«
»Ach ja.« Sophie schnitt eine Grimasse. »Max und ich waren die Einzigen aus unserer Klasse, die bei dem Krippenspiel mitgemacht haben. Die anderen ziehen uns heute noch damit auf. – Ist Max da?«
»Der isst grad noch seinen Nachtisch. Möchtest du auch ein Schälchen mit Himbeerpudding?«
»Nein danke.«
Jetzt tauchte Max in der Küchentür auf. »Hallo, Sophie. Kommst du mit? Mein Zimmer ist ganz hinten.«
Sophie folgte ihm. Neugierig sah sie sich in Max' Zimmer um. »Nett.«
»Ist im Moment nicht besonders aufgeräumt«, entschuldigte sich Max. »Und so schön wie bei dir ist es bei mir bestimmt nicht.«
Sophies Eltern waren Zahnärzte und hatten ein großes Haus mit einem riesigen Garten.

»Weißt du doch gar nicht. Du hast mich ja noch immer nicht besucht.« Sophie ließ sich auf Max' Bett fallen, weil über dem Stuhl seine Kleider hingen. »Warum bist du eigentlich noch nie gekommen?«
Max druckste ein bisschen herum. »Wenn die anderen das mitkriegen ... dann heißt es gleich wieder, wir gehen miteinander ... Wie vor den Weihnachtsferien.«
Sophie nickte. »Mir war das auch peinlich.« Sie lächelte Max an. »Aber weißt du, Mama sagt immer: Lass die anderen Leute einfach reden und tu, was dir Spaß macht. Und ich bin eigentlich ganz gern mit dir zusammen.«
Dann wechselte sie das Thema. »Übrigens würde mich dein Job auch interessieren. Meinst du, ich kann da mitmachen? Ich mag Pflanzen. Meine Mutter behauptet, ich hätte einen grünen Daumen. Hab ich dir schon erzählt, dass ich drei Orchideen habe?« Ihre blauen Augen leuchteten.
»Kann mich nicht erinnern.« Max zögerte. »Ein bisschen komisch ist der Job allerdings schon«, sagte er dann.
Sophie lauschte gespannt, als Max erzählte, was am Tag zuvor geschehen war.
»Von dem Schloss hab ich auch noch nie gehört.« Sie schüttelte den Kopf. »Und ein Tor, das verschwinden kann ... Wirklich seltsam!«

»Ich hab schon überlegt, ob vielleicht der Geheimdienst dahintersteckt. Der *Geheime Rat der Zwölf …*«
»Übertreib nicht. Du hast zu viele James-Bond-Filme gesehen.«
Max griff in seine Tasche und holte die Schutzgemme hervor. »Guck mal, das hab ich gestern beim Umgraben gefunden.«
Sophie beugte sich über den Stein. »Oh, der ist aber wunderschön.« Sie war richtig beeindruckt.

»Hartriegel nennt das Ding Schutzgemme«, berichtete Max. »Ich bin zwar nicht abergläubisch, aber heute in der Schule war es schon irgendwie komisch. In Erdkunde beim Test hab ich gedacht, alles ist aus. Plötzlich hab ich mich daran erinnert, dass ich das Ding habe, und dann kam dein Zettel.«

Sophie schwieg und runzelte die Stirn.
»Übrigens danke noch«, sagte Max. »Ich wäre aufgeschmissen gewesen ohne deine Hilfe.«
»Na, das ist doch wohl klar. Eine Hand wäscht die andere.« Sophie tippte vorsichtig auf den Stein. »Und nur weil ich dir geholfen habe, glaubst du, dass dieses Ding besondere Kräfte hat?«
Max zuckte die Achseln. »Weiß nicht.«
»Der Park interessiert mich wirklich«, meinte Sophie. »Am liebsten würde ich nachher gleich mitkommen.«
Max überlegte. »Okay«, meinte er. »Dann siehst du es wenigstens selber und kannst mir sagen, ob mit meinem Hirn alles in Ordnung ist. Aber jetzt lass uns endlich mit Mathe anfangen.«
Sophie grinste ihn an. »Könntest du mir für die nächste Arbeit nicht deine Schutzgemme leihen?«
»Glaubst du mir etwa nicht?«
»Nicht alles, Mister Fantastic!«

Das geöffnete Tor

»Du kannst richtig gut erklären«, meinte Sophie, als Max das Mathebuch zuklappte. »Bei dir kapiere ich viel mehr als bei Herrn Kern. Der kann mich sowieso nicht leiden.«
Der Mathelehrer schien ein Vergnügen daran zu finden, Sophie nach vorne an die Tafel zu rufen und sie aufzufordern, die Aufgabe vor der ganzen Klasse zu rechnen.
Wenn sie etwas falsch machte oder auch nur ein wenig zögerte, machte er spöttische Bemerkungen. Sophie, die nicht auf den Mund gefallen war, verteidigte sich mit schlagfertigen Reden. Die Klasse amüsierte sich über die Wortgefechte, die sich die beiden in regelmäßigen Abständen lieferten. Doch mit Sophies Mathenote sah es düster aus.
»Jedenfalls habe ich jetzt ein besseres Gefühl, was die Mathearbeit nächste Woche angeht«, betonte Sophie.
Max warf einen flüchtigen Blick auf seine Uhr. »Wir müssen los«, sagte er und packte schnell noch die Mathesachen in seine Tasche. Dann zogen sie im Flur ihre Anoraks an.

Max öffnete die Küchentür. »Ich geh noch mit zu Sophie«, sagte er zu seiner Mutter.

»Ist gut«, erwiderte Frau Hoppe. »Aber komm nicht zu spät heim. Du weißt ja, wann Abendessenszeit ist.«

»Wann willst du deinen Eltern eigentlich erzählen, dass du einen Job hast?«, fragte Sophie, als sie gemeinsam die Treppe hinuntergingen. »Du kannst die Sache doch nicht auf Dauer geheim halten.«

»Irgendwann sag ich's bestimmt. Ich muss einen günstigen Moment abpassen. Mama hat garantiert gleich wieder Angst, dass die Schule drunter leidet.«

Sie waren unten angelangt.

Während Max zur Garage ging, schloss Sophie ihr Fahrrad auf und wartete, bis Max mit seinem Rad auf den Hof kam.

»Na, dann wollen wir mal«, sagte Max und schwang sich auf den Sattel.

»Bin sehr gespannt«, meinte Sophie und radelte hinter ihm her.

Außer Atem erreichten sie nach einer Weile den Wacholderweg. Den alten Villen schenkte Sophie kaum einen Blick. Schließlich kam die Hecke. Sie schien undurchdringlich. Niemand würde dahinter einen gepflegten Schlosspark vermuten. Bestenfalls einen zugewucherten und verwilderten Garten.

Dann tauchte das Tor in der Hecke auf.

Max bremste. »Wir sind da.«
Sophie sprang vom Rad. »Schwer zu finden, wie?«, spottete sie.
»Ich schwör dir, Sophie, gestern war das Tor zuerst wirklich nicht da«, antwortete Max. »Ich hab keine Ahnung, wie es funktioniert – aber Hartriegel kann es irgendwie verschwinden lassen …«
»Wohl durch Zauberei? *Hokuspokus verschwindibus?*«
»Ich weiß nicht«, erwiderte Max. »Vielleicht gibt's auch irgendeinen technischen Mechanismus.«
»Egal. Gehen wir rein.« Sophie öffnete das Tor, das in den Angeln leise quietschte. Der Kies knirschte, als sie ihre Räder über den Weg schoben. Dann gaben die dichten Tannen den Blick frei.
Sophie war sofort völlig aus dem Häuschen. »Ist ja toll! Mann, ist das schön hier!«
Das romantische Schloss! Und der Park, riesengroß, scheinbar endlos weit … Die Pflanzen in den Beeten bildeten verschlungene Muster, und sobald sie blühten, würden wunderbare Farbteppiche entstehen.
Sie lehnten ihre Fahrräder an den Treppenaufgang.
»Hartriegel ist bestimmt in seinem Büro.« Max druckste herum. »Macht's dir was aus, wenn du hier draußen wartest? Ich will Hartriegel erst fragen, ob du auch mitmachen darfst.«

Sophie zuckte mit den Achseln. »Wenn's dir lieber ist.«
»Bin gleich wieder da«, versprach Max.
Sophie setzte sich unterdessen auf eine Treppenstufe.

Die Sonne kroch zwischen den Wolken hervor. Ein Hauch von Frühling lag in der Luft. Sophie ließ ihre Augen über den Park schweifen. Überall in den Rasenflächen leuchteten die Krokusse – orange, lila, weiß ... Es musste herrlich sein, hier zu wohnen, den ganzen Park zur Verfügung zu haben, nach Herzenslust darin spazieren zu gehen und die schönsten Plätze ausfindig zu machen.
Sophie betrachtete die Buchsbäume, die links und rechts von ihr in großen Kübeln auf der Brüstung standen. Lustig, wie die Pflanzen in Form geschnitten

waren. Besonders die beiden Enten waren gelungen. Noch witziger würde es bestimmt aussehen, wenn sich die Enten gegenseitig anguckten …
Entschlossen stand Sophie auf und drehte den rechten Blumenkübel, bis der Entenschnabel nach innen zeigte. Der Kübel war schwerer, als sie gedacht hatte. Nur mit großer Mühe gelang es ihr, ihn von der Stelle zu bewegen. Aber endlich stand er so, wie Sophie es sich vorgestellt hatte.

»So, und jetzt der andere …«
Sie machte sich an dem linken Kübel zu schaffen. Der kam ihr noch schwerer vor. Sophie musste zweimal ansetzen, bis sie ihn gedreht hatte und die beiden Enten sich endlich anblickten.
»Viel besser.« Zufrieden wischte sich Sophie die Hände an ihren Jeans ab und hockte sich wieder auf die Treppe.
Dann riss sie ungläubig die Augen auf.
Das linke Enten-Buchsbäumchen bewegte sich. Es reckte den Hals, beugte sich nach vorne – und hüpfte aus dem Kübel.
»Nein!« Sophie blieb der Mund offen stehen.
Die Buchsbaum-Ente watschelte bis zur Stufenmitte,

blieb stehen und stieß ein forderndes »Quäk-quäk« aus.
Sophie presste die Knöchel auf den Mund, starr vor Schreck.
Jetzt kam auch Leben in die rechte Ente. Sie plumpste ebenfalls aus ihrem Kübel und watschelte auf die andere Ente zu. Dann fingen die beiden an zu schnäbeln. Die Buchsbaumzweige verfingen sich ineinander. Kleine Blättchen rieselten auf den Boden.
»Ich bin verrückt geworden«, stieß Sophie aus. »Ich

hab Halluzinationen. Am besten, ich fahr heim und leg mich ins Bett! – Oh!«
Die beiden Enten begannen sonderbar zu leuchten und wurden immer durchscheinender. Sie verloren

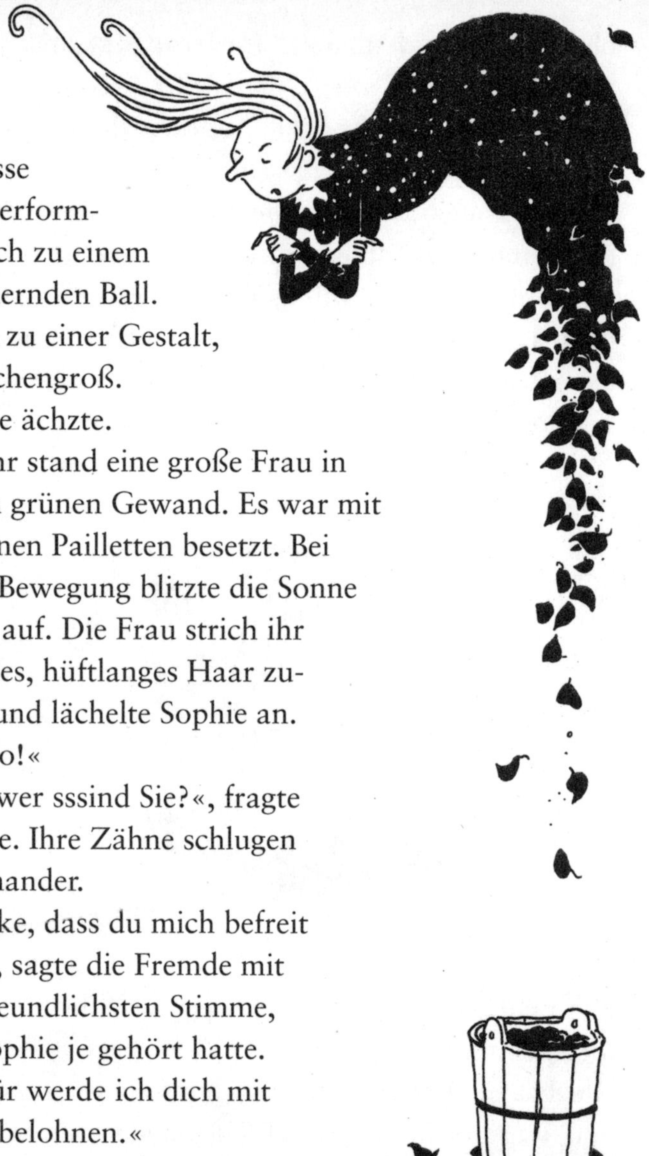

ihre
Umrisse
und verformten sich zu einem flimmernden Ball.
Dann zu einer Gestalt, menschengroß.
Sophie ächzte.
Vor ihr stand eine große Frau in einem grünen Gewand. Es war mit goldenen Pailletten besetzt. Bei jeder Bewegung blitzte die Sonne darin auf. Die Frau strich ihr blondes, hüftlanges Haar zurück und lächelte Sophie an.
»Hallo!«
»Wwwer sssind Sie?«, fragte Sophie. Ihre Zähne schlugen aufeinander.
»Danke, dass du mich befreit hast«, sagte die Fremde mit der freundlichsten Stimme, die Sophie je gehört hatte.
»Dafür werde ich dich mit Gold belohnen.«

»Be-befreit?«, stammelte Sophie.
»Danke«, wiederholte die Frau und streckte Sophie die Hand entgegen. »Ich schenke dir Gold. Ganz viel. Du musst nur mitkommen.«
Sophie zuckte vor der Hand zurück und blickte die Fremde angsterfüllt an.
»Es liegt am Grund des Teichs«, sagte die Frau mit lockendem Tonfall in der Stimme. »Eine Kleinigkeit, es heraufzuholen. Dann bist du reich. Das willst du doch sein, oder?«
Sophie schüttelte heftig den Kopf.
»Nnnnein. NEIN! Überhaupt nicht! Ich will – HILFE!« Voller Panik sprang sie auf und jagte die Stufen hinauf. Sie hörte, wie die Frau hinter ihr lachte. Mit aller Kraft zerrte Sophie die schwere Flügeltür auf und befand sich in der Eingangshalle.

Hexengold

»Max! MAAAAX!« Sophies Stimme hallte in dem großen Gewölbe wider.
Am Ende des Ganges trat Max aus einer Tür, begleitet von Hartriegel. Sophie stürzte auf die beiden zu und packte Max am Arm.
»Ddddda-draußen ... da ist ein Ge-gespenst. Eine Hehexe. Ich weiß nicht.« Ihre Sätze überschlugen sich. »Ich-ich hab sie befreit, glaub ich, dabei hab – hab ich nur die Kübel gedreht und dann sind die Enten ...« Sie musste Luft holen.
»Mal langsam, ich versteh kein Wort«, sagte Max.
Vom Eingang her ertönte ein Geräusch. Sophie schnellte herum. Die Flügeltür wurde geöffnet. Die Frau trat in die Halle.
»Da ist sie«, flüsterte Sophie.
Hartriegel stieß einen Schrei aus. Er drehte sich zur Wand. »Auf keinen Fall hingucken! Augen zu!« Er bedeckte stöhnend sein Gesicht.

»*Quieta non movere!*«, murmelte er. Es klang wie eine Beschwörung.
»Zu spät«, antwortete die Frau. »Frei ist frei.« Und ein helles Lachen hallte zu ihnen herüber.
Sophie lief ein Schauder über den Rücken. Sie und Max konnten ihre Blicke nicht von der Erscheinung abwenden. Die Fremde durchquerte die Halle. Doch mit einem Mal blieb sie stehen und zögerte. Angewidert sah sie auf den Drudenfuß und zog ihren Fuß zurück. Dann blickte sie hoch, direkt in Sophies Gesicht. Ihre grünen Augen funkelten.
»Tausend Dank meiner Befreierin!«, rief sie lächelnd und winkte mit der Hand. »Ich werde dich reich belohnen. Hol dir den Goldschatz. Dann kannst du dir alles kaufen, was du willst.«
Von Hartriegel kam ein lautes Stöhnen. »Fallt nicht drauf rein«, murmelte er, ohne sich umzuwenden. »Das ist bloß ein übler Trick!«
Max und Sophie nahmen seinen Einwand kaum wahr, weil sie sich ganz auf die Frau in dem grünen Gewand konzentrierten.
»Hol dir den Goldschatz«, wiederholte die Fremde.
»Ich will aber nicht«, erklärte Sophie trotzig und drückte sich hinter Max. Nicht für alles Gold der Welt würde sie dieser Frau trauen!
Die Fremde schüttelte verständnislos den Kopf. Dann ruhten ihre Augen auf Max.

»Ist das Mädchen deine Freundin?«
Max nickte.
»Dann schenke ich dir das Gold«, sagte sie. »Du kannst deiner Freundin etwas Schönes dafür kaufen.«
»Äh … hm …« Max räusperte sich und blickte sich verunsichert nach Sophie um.
»Hol es dir«, bot ihm die Frau an. »Das Gold ist draußen im Teich. Es ist ganz leicht zu finden.«
»Ganz leicht?«, fragte Max mit schwacher Stimme und machte einen Schritt vorwärts.
»Nein!« Sophie hielt ihn am Arm fest. »Wir brauchen das Gold nicht.«
Max machte sich los und stieß Sophie zur Seite.
»He, was soll das?«, rief Sophie wütend.
»Gold«, gurrte die Frau und lockte Max mit dem Zeigefinger.
»Gold«, wiederholte Max wie hypnotisiert.
»Dann komm, mein Junge«, säuselte die Fremde.
Sophie sah entsetzt zu, wie Max gehorchte. Er schien alles andere vergessen zu haben und bewegte sich wie eine Marionette auf die Frau zu.
»Max!«, brüllte Sophie. »HALT! Stopp! Merkst du denn nicht, wie sie dich verhext?«
Max hörte ihr gar nicht zu.
Sophie sah sich Hilfe suchend nach Hartriegel um. Der lehnte noch immer an der Wand, die Hände vors Gesicht gepresst.

»Tun Sie doch was!«

»*Hic haeret aqua*«, jammerte Hartriegel.

»Verdammt!« Sophie stampfte mit dem Fuß auf. »Ich verstehe kein Latein!«

»Zu spät! Dein junger Freund ... ist verloren ...«

Sophie schrie auf und rannte hinter Max her. Sie versuchte, ihn festzuhalten, und stemmte ihre Füße gegen den Boden. »Du wirst nicht mit ihr gehen, Max!« Sie zog mit aller Kraft. »Du wirst kein Gold holen!«

Aber Max schleuderte Sophie so heftig von sich weg, dass sie auf ihrem Hintern landete und ein Stück durch die Halle rutschte. Dann verließ er mit der Hexe das Schloss. Laut krachend schlug die Flügeltür hinter ihnen zu.

Sophie hockte inmitten des Drudenfußes und hätte vor Wut fast geheult.

»Ist sie weg?«

Die Frage kam von Hartriegel. Er hatte sich von der Wand weg und in Sophies Richtung gedreht. Noch immer hielt er die Hände vors Gesicht und fing ganz vorsichtig an, zwischen den Fingern hindurchzulugen.

»Sie ist weg«, gab er sich dann selbst die Antwort. Er ließ die Hände sinken und sah richtig erleichtert aus. Sophie hätte ihn am liebsten geohrfeigt. So ein Feigling! Hielt sich einfach die Augen zu, anstatt zu handeln!

Mit einem Satz kam sie wieder auf die Füße und fauchte: »Tun Sie doch was!«
Dann stemmte sie die Flügeltür auf und war draußen.
Weit hinten im Park sah sie Max und die Hexe nebeneinander herlaufen. Sophie hechtete ihnen nach, obwohl sie keine Ahnung hatte, wie sie Max von dem unseligen Bann befreien konnte.
»Warte!«, brüllte Sophie. »Halt! Komm zurück!« Sie keuchte und beschleunigte ihr Tempo. »Max! Maaaaaa-aaax!«
Er hörte sie nicht. Jetzt wurden die beiden langsamer. Sie blieben an einem Teich stehen und starrten übers Wasser.
Sophie hatte Seitenstechen. Ihre Füße waren schwer wie Blei. Sie bekam kaum noch Luft.
»Dort am Grund liegt der Schatz«, sagte die Hexe zu Max und streckte ihren Finger aus. »Du musst nur danach tauchen und ihn rausholen, dann gehört er dir.«
Und Max bewegte sich tatsächlich wie ein Schlafwandler auf den Teich zu. Er schien vollkommen vergessen zu haben, dass es erst Anfang März war und das Wasser eiskalt.
Mit einem Aufschrei erreichte Sophie Max, packte ihn am Ärmel und zerrte ihn vom Ufer zurück. »Bist du verrückt? Du holst dir den Tod!«

Die Frau lachte. »Bemüh dich nicht. Er kann dich nicht hören. Jetzt gehört er mir, mir allein!«
»Das werden wir ja sehen«, zischte Sophie, außer sich vor Zorn. »Wenn du Max nicht in Ruhe lässt, dann sollst du wieder eine Buchsbaum-Ente werden. Kehr in deinen Kübel zurück, da gehörst du hin!«
»Hahaha!« Die Hexe bog lachend den Kopf zurück. »Du hast mich ja befreit. Vielen, vielen Dank!«
Sophie war so wütend, dass sie nach einem abgebrochenen Ast griff, den sie auf die Hexe schleudern wollte. Doch dann kam ihr blitzartig eine Idee. Sie erinnerte sich, wie die Hexe in der Eingangshalle gezögert hatte.
Der Drudenfuß! Das magische Zeichen!
Eifrig fing Sophie an, mit dem Ast einen fünfzackigen Stern in den Uferschlamm zu zeichnen. Sie hatte keine Übung darin, und der Stern wurde krumm und schief. Aber es war eindeutig ein Drudenfuß. Dann zog sie Max, der an ihrem Arm hing wie ein Roboter, in die sichere Mitte.
»Schau, wie schlau«, höhnte die Frau. »Denkst du, mit diesem Zeichen brichst du die Macht des Goldes?«
Aber sie ärgerte sich, das merkte Sophie ganz genau. Die Frau strich ihr langes, blondes Haar zurück, das in der Sonne wie Gold glänzte, dann ging sie langsam in den Teich hinein. Das eiskalte Wasser schien ihr

nichts auszumachen. Sie legte sich auf den Rücken und schwamm ein Stück, als sei es Hochsommer und das Baden das reinste Vergnügen. Dann wandte sie sich wieder den Kindern zu.

»Komm, mein junger Freund«, rief sie lockend. Ihre Stimme klang wie Musik. »Das Wasser ist wunderbar.«

»Ich muss zu ihr«, murmelte Max.

»Du musst gar nichts!«, schnaubte Sophie. »Die verhext dich! Merkst du das nicht?« Sie überlegte krampfhaft, wie sie Max wieder zur Vernunft bringen konnte.

»Komm schon, mein Freund«, wiederholte die Frau. Sophie meinte, bereits Ungeduld aus ihrer Stimme herauszuhören. »Das Gold schenkt dir Macht. Die Zukunft liegt in deiner Hand.«

Wieder versuchte Max, sich gewaltsam von Sophie loszureißen. Fast wäre es ihm auch geglückt, den schützenden Drudenfuß zu verlassen. Aber Sophie zog ihn so heftig, dass sie beide umfielen. Sie rangen miteinander. Sophie spürte den kalten Schlamm am Rücken.

Schließlich gelang es ihr, sich auf ihn zu wälzen. Sein Gesicht war dicht vor ihrem. Sophie sah, wie klein die Pupillen in seinen Augen waren. Er war überhaupt nicht ansprechbar.

Sophie wusste nicht mehr, was sie tun sollte. Sie war völlig verzweifelt. Instinktiv presste sie ihre Hände auf Max' Ohren. Seine Hände griffen nach ihren Handgelenken, wollten sie wegziehen. Aber mit einem Mal erlahmte sein Widerstand. Sein Gesicht entspannte sich. Für einen kurzen Moment wurde sein Blick klar, er sah Sophie an und schien sie auch zu erkennen.

Doch da verzerrte sich plötzlich sein Mund. Max verdrehte kurz die Augen, dann fielen sie zu.

»MAX!«
Er war ohnmächtig.
Sophie stöhnte auf. Verzweifelt nahm sie seine Füße und hievte sie hoch, damit sein Gehirn durchblutet wurde. Das sollte man bei einer Ohnmacht tun. Sie klopfte seine Wangen und rief immer wieder seinen Namen.
»Du musst aufwachen, Max!«
Voller Panik beugte sie sich nach vorne. Vielleicht half Mund-zu-Mund-Beatmung. Das hatte sie neulich im Fernsehen gesehen.
Ihre Lippen berührten sachte die von Max.
Seine Lippen waren kühl.
Sophie versuchte, ihm Atem einzuhauchen.
Verdammt, dachte sie. Ich kann's nicht!
Es wurde ein Kuss.
Verwirrt richtete sich Sophie auf und strich ihre Haare zurück.
»Ey«, fragte Max plötzlich, »was ist los?«
Sein Blick war auf sie gerichtet, wieder klar und natürlich.
Sophie wurde rot, weil sie ihn geküsst hatte. Ob er etwas davon mitgekriegt hatte? Sie zögerte kurz. »Komm, steh auf«, sagte sie dann, immer noch misstrauisch, ob der Bann tatsächlich gebrochen war.
»Warum sitzen wir hier am Ufer?«, fragte Max und rappelte sich auf. Er schien sich an nichts zu erinnern.

»Iiiihh, wir sehen ja aus wie Schweine. Alles voll Schlamm.« Voller Ekel blickte er an sich herunter.
»Erklär ich dir nachher«, sagte Sophie gehetzt.
Hier am Ufer war es zu gefährlich. Wer garantierte ihr, dass die Hexe nicht einen zweiten Versuch starten würde?
Am liebsten wäre Sophie sofort nach Hause gefahren und hätte das verhexte Schloss vergessen. Aber zu viele Fragen waren offen. Was hatte Hartriegel mit der ganzen Sache zu tun? Jetzt zweifelte Sophie keinen Augenblick mehr an dem, was Max ihr über die Ereignisse des gestrigen Tages erzählt hatte. An dem ganzen Schlosspark war etwas oberfaul!
»Wir müssen ins Schloss zurück«, sagte sie zu Max. Im Laufen warf sie einen kurzen Blick über die Schulter zum Teich.
Die Frau war verschwunden. Im Wasser ragte nur ein steinerner Delphin auf. Er sah aus, als sei er mitten im Sprung erstarrt.
Am anderen Ufer hörte Sophie ein leises Plätschern. Sie nahm auch eine flüchtige Bewegung im Wasser wahr. Sophie bekam eine Gänsehaut.
»Los, schnell«, drängte sie.
»Warum hast du's denn so eilig?«, fragte Max beunruhigt und hastete neben ihr her.
»O Max, kannst du dich wirklich an nichts erinnern?«

Er konnte nicht.
Sophie schilderte mit knappen Worten, was geschehen war und wie sie ihn mit Mühe hatte retten können.
Max war völlig entsetzt. »Die Hexe wollte mich ins Wasser locken. Sie wollte mich ertränken.«
Sophie nickte. »Ich fürchte, das war ihr Plan.«
Sie blickten sich an. Es schien, als seien sie da in eine Sache hineingeraten, aus der es vorerst kein Zurück gab. Max konnte nicht begreifen, dass Hartriegel nicht eingegriffen hatte. Auf welcher Seite stand er? War er unfähig, vertrottelt und feige? Oder hinterhältig und gemein?
Max war stinksauer auf Hartriegel. Trotz der seltsamen Dinge, die am Tag zuvor geschehen waren, hatte er ihm vertraut. Er hatte ihn für jemanden gehalten, der Bescheid wusste und Rat geben konnte.
»Wenn ich das geahnt hätte, dann hätte ich auf den Job verzichtet!«, stieß Max aus. »Und der ganze Schlamassel wäre uns erspart geblieben.«
»Zu spät«, sagte Sophie.
»Und was jetzt?«
»Jetzt knöpfen wir uns Hartriegel vor.«

Jagd auf Mafalda

Hartriegel saß in seinem Büro und hatte die Hände vors Gesicht geschlagen. Als Sophie und Max den Raum betraten, hob er den Kopf und sah Max an, als sei dieser gerade von den Toten auferstanden.

»Du lebst noch?«, fragte er matt.

»Wäre Ihnen 'ne Wasserleiche lieber?«, gab Max schnippisch zurück. Er spürte einen unbändigen Zorn auf den alten Mann, der da hinter seinem Schreibtisch thronte und sie einfach ihrem Schicksal überlassen hatte.

»Wer ist die Hexe?«, fauchte Sophie. Sie platzte fast vor Wut und Ungeduld. Am liebsten hätte sie Hartriegel an den Schultern gepackt und gerüttelt. Sie wollte endlich wissen, was hier gespielt wurde. »Was will sie? Woher kommt sie?« Sie blitzte ihn zornig an.

»Keine Hexe«, haspelte Hartriegel nervös. »Sie ist eine Flussfrau.«

»Eine Flussfrau?«, wiederholte Sophie erstaunt und warf Max einen zweifelnden Blick zu.

»Ihr Element ist das Wasser«, erklärte Hartriegel, »wie das der Meerjungfrauen, Nixen, Sirenen ...«

»Märchenfiguren«, schnaubte Sophie ungläubig.

»Bilden Sie sich bloß nicht ein, dass Sie uns reinlegen können«, sagte Max.
Hartriegel stöhnte. »Wie sollte ich? Habt ihr denn gar nichts begriffen? Flussfrauen sind ausgesprochen böse und gemein.« Er stockte, als würden ihn die Worte große Mühe kosten. »Sie stürzen die Männer ins Verderben. Im Frühling sind sie am gefährlichsten. Schreckliche Kreaturen! Überaus grässlich, auch wenn sie so schön sind. Sobald ein Mann eine Flussfrau erblickt, ist er verloren. Rettungslos. Sie lockt und lockt, damit er ins Wasser geht, um den Schatz zu holen. Und dann ertrinkt er.« Er sah Max und Sophie an, als bitte er um Verständnis. »Deswegen hab ich euch vorhin auch nicht helfen können. Sie hätte mich genauso verhext und ich wäre ihr ins Wasser gefolgt ...«
Die beiden tauschten einen Blick, unschlüssig, ob sie seine Erklärung als Entschuldigung gelten lassen sollten.
Hartriegel wandte sich an Sophie. Mit beschwören-

der Miene umklammerte er ihr Handgelenk. »Sag, wie hast du ihn gerettet? Normalerweise ist es fast unmöglich …«

Sophie zog ihren Arm weg. Sie wusste nicht, ob sie Hartriegel trauen konnte. Noch immer fieberte sie vor lauter Aufregung und Anspannung.

»Was hast du gemacht?«, bohrte Hartriegel nach. »Jede Einzelheit ist wichtig. Vielleicht haben wir ja doch eine Chance gegen sie …«

Seine Stimme klang eindringlich. Auch Max blickte Sophie erwartungsvoll an. Genau wie Hartriegel war er gespannt auf ihre Antwort.

Sophie versuchte sich zu erinnern. Jetzt erst, nachdem alles vorüber war, wurde ihr klar, was sie geleistet hatte.

»Ich hab einen Drudenfuß in den Schlamm gemalt …«

»Raffiniert!«, rief Hartriegel.

»… und Max in die Mitte gezogen. Dann hab ich ihm die Ohren zugehalten.«

»Genial!« Hartriegel klatschte vor Begeisterung in die Hände.

»Ich glaube, dadurch wurde der Bann gebrochen«, sagte Sophie zaghaft. Ihr fiel noch etwas ein. »Vielleicht … hm … Max hat ja auch noch die Schutzgemme.«

Max fuhr in seine Hosentasche und holte die Gemme

heraus. »Da ist sie.« Der grüne Stein lag schimmernd in seiner Hand.
»Die Gemme, natürlich.« Hartriegel räusperte sich. »Ganz sicher hat dich die Gemme beschützt. Aber dieses Mädchen da, Sabine –«
»Sophie«, berichtigte Sophie.
»Sophie hat dir das Leben gerettet, Max.«
»Danke«, sagte Max und lächelte Sophie an.
Sophie wurde rot und blickte verlegen auf die Schreibtischplatte.
»Dieses Mädchen hat ein Riesentalent«, fuhr Hartriegel fort. »Ich würde sogar fast behaupten, sie hat magisches Potenzial ...«
»Ich und Magie?« Sophie schüttelte den Kopf. Der Gedanke war völlig abwegig. Nie wäre sie auf so eine Idee gekommen. »Quatsch!«
»Jetzt muss es uns gelingen, die Flussfrau wieder einzufangen«, meinte Hartriegel und runzelte besorgt die Stirn. »Sonst kann sie noch mehr Unheil anrichten. Nicht auszudenken, was passiert, wenn sie den Park verlässt. Wo ist sie?«
»Zuletzt war sie im Delphinteich«, erinnerte sich Sophie. Sie wurde nervös, als sich Hartriegels Augen auf sie hefteten.
»Du wirst es tun«, sagte er.
Sophie ahnte, was jetzt kommen würde. Warum war sie nicht nach Hause gefahren?

»Du kannst es. Du wirst sie zurücklocken. Als Mädchen bist du weniger gefährdet als Max und ich. Denn du musst deine Augen nicht bedecken.«
»Aber ich –«, versuchte Sophie zu protestieren, doch Hartriegel wirbelte schon auf seinem Schreibtischstuhl herum und rollte damit zur Wand. Sophie und Max sahen, dass dort ein Tresor eingelassen war. Der Alte drehte an dem Zahlenschloss. Es knackte ein paar Mal, dann sprang die Tür auf. Hartriegel griff in die Öffnung und holte eine Schatulle heraus, die mit dunkelrotem Samt überzogen war. Er schlug die Tür zu, stieß sich mit den Füßen ab und rollte zum Schreibtisch zurück.
»Das ist der Köder für die Flussfrau.«
Sophie schnappte unwillkürlich nach Luft, als Hartriegel die Schatulle öffnete.
Auf einem Samtkissen funkelte ein goldener Reif, besetzt mit blitzenden Steinen. Er war unglaublich schön. Normalerweise machte sich Sophie nicht besonders viel aus Schmuck, aber dieser Halsreif sah aus, als sei er für eine Königin bestimmt. Am liebsten hätte Sophie den Reif auf der Stelle angelegt und sich im Spiegel betrachtet.
»Flussfrauen lieben nichts mehr als Gold«, erklärte Hartriegel. »Gold, Gold, Gold – das ist das, was sie am meisten begehren. Du musst die Flussfrau mit dem Schmuck wieder zurück zur Treppe locken – genau

an die Stelle, wo sie aufgetaucht ist. Das Übrige«, er sah zu Max, »übernehmen dein Freund und ich.«

Mit zitternden Fingern berührte Sophie das Geschmeide und nahm es behutsam aus der Schatulle. Der Halsreif wog schwer in ihren Händen. Jetzt erst sah sie, dass er mit lauter winzigen goldenen Muscheln und Fischen verziert war.

»Wie schön!«, sagte sie bewundernd.

»Zeig ihr den Schmuck. Du darfst ihn ihr aber auf keinen Fall geben«, warnte Hartriegel eindringlich. »Jede Unze Gold vergrößert ihre Macht.«

Sophie nickte. Sie hatte Bauchschmerzen vor lauter Aufregung.

Hartriegel beugte sich nach vorne.

»Sie heißt *Mafalda*«, raunte er, so als scheute er davor zurück, den Namen laut auszusprechen. »Sag ihn aber nicht öfter als dreimal, sonst verliert er seine Wirkung. – Jetzt beeil dich«, fuhr er ungeduldig fort. »Wenn uns die Flussfrau entwischt und den Park verlässt, gibt es eine Katastrophe. Nicht auszudenken, was sie in Heringshausen anrichten kann. Wir dürfen keine Zeit verlieren.«

Sophie schloss zögernd ihre Finger um den Halsreif.

»Soll ich nicht lieber mitkommen?«, fragte Max.

Hartriegel wehrte sofort ab. »Zu riskant. Sie muss es allein schaffen. Unsere Aufgabe ist es, Mafalda wieder einzufangen.«

Sophie hätte Max gerne an ihrer Seite gehabt, doch sie erinnerte sich daran, wie hilflos er Mafaldas Einfluss ausgesetzt gewesen war. Das wollte sie nicht noch einmal erleben.

»Wird schon alles klargehen«, murmelte sie und versuchte dabei, ihrer Stimme einen zuversichtlichen Klang zu geben. »Bis nachher.« Sie lächelte Max an und ging zur Tür.

»Viel Glück«, sagte Max schwach.

»Toi, toi, toi«, rief ihr Hartriegel nach.

Rasch verließ Sophie das Büro, lief den Flur entlang und durchquerte die Eingangshalle mit dem Drudenfuß. Der Türflügel war schwer, rutschte ihr aus der Hand und schlug krachend hinter ihr zu.

Im ersten Moment war Sophie von der Sonne geblendet. Der Anblick der verlassenen Blumenkübel jagte ihr einen Schauder über den Rücken. Noch immer wehrte sich alles in ihr, an Hexerei und Spuk zu glauben. Aber sie hatte mit eigenen Augen gesehen, wie die Flussfrau aus dem Nichts aufgetaucht war. Welche Regeln galten in diesem verwunschenen

Park? Wieso konnte die Wirklichkeit hier außer Kraft gesetzt sein?

Doch jetzt war keine Zeit für lange Grübeleien. Entschlossen lief Sophie die Stufen hinunter. Es musste ihr gelingen, die Flussfrau aus dem Wasser zu locken.

Sie rannte den Weg entlang. Das Herz hämmerte gegen ihre Rippen. Als sie den Delphinteich erreichte, hatte sie wieder Seitenstechen. Sie beschirmte die Augen, aber sie konnte die Flussfrau nirgends entdecken. Die Wasseroberfläche war völlig glatt. Nur ganz links paddelte eine Ente und machte kleine Kräuselwellen.

Sophie biss sich auf die Lippen. Hatte Mafalda den Park bereits verlassen und lief durch Heringshausen?

Verzweifelt blickte sie auf den funkelnden Halsreif. War der Köder jetzt nutzlos?

Sie holte tief Luft und rief befehlend: »Mafalda!«

Es klang nicht so kräftig, wie sie gehofft hatte, denn in ihrer Kehle saß ein großer Kloß. Trotzdem war es, als könnte sie die magische Macht des Namens spüren. Die Luft ringsum schien zu vibrieren, die Vögel hörten auf zu singen, und mit einem Mal war es totenstill.

Sophie zuckte zusammen, als es neben ihr im Teich plätscherte.

Mafaldas Haupt tauchte aus dem Wasser auf. Die Haare trieben wie Tang hinter ihr her.
»Wer ruft nach mir?«, fragte sie mit heller Stimme.
Vor Überraschung sackten Sophie fast die Knie weg. Sie hatte nicht erwartet, dass Mafalda so plötzlich erscheinen würde. Und dass sie so nah war. Sophie nahm all ihren Mut zusammen.
»Ich«, antwortete sie laut und bewegte die Hand, damit der Goldreif in der Sonne glitzerte. »Schau, was ich habe!« Mafaldas Gesichtsausdruck veränderte sich schlagartig. Das Lächeln und die Freundlichkeit verschwanden. An ihre Stelle trat zuerst Interesse, dann Gier. Ruckartig richtete sich die Flussfrau auf. Jetzt ragte ihr Oberkörper bis zur Taille aus dem Wasser.

»Meins«, krächzte Mafalda und streckte verlangend den rechten Arm aus.
Sophie sah die triefende weiße Hand mit den langen, grünen Nägeln. Klauen, schoss es ihr durch den Kopf.

»Ja, das Gold ist für dich«, sagte Sophie und versuchte, das Zittern in ihrer Stimme zu unterdrücken. Vorsichtshalber wich sie einen Schritt zurück.
»Gib!«
»Du musst es dir schon holen.« Sophie wich noch weiter zurück. Sie wusste nicht, wie schnell Mafalda war und über welche Kräfte sie verfügte. Lieber kein Risiko eingehen! Wenn die Flussfrau sie einfach ansprang und ihr das Geschmeide aus der Hand riss, dann war alles verloren!
Mafalda bewegte sich aufs Ufer zu. Sie ließ das Gold nicht aus den Augen und verfolgte jede Bewegung, die Sophie machte.
Sophie ging rückwärts. Obwohl der Abstand zwischen ihr und Mafalda noch groß war, hatte sie ein mulmiges Gefühl. Ob sie es bis zur Treppe schaffen würde? Es schien ihr auf einmal ein unendlich langer Weg zu sein.
»Warte auf mich«, rief Mafalda.
»Tu ich doch«, log Sophie.
Noch schnell einen Schritt rückwärts, ganz unauffällig.
Doch die Flussfrau ließ sich nicht täuschen. Sie blieb stehen und ließ die Arme sinken. »Ich mag das Spiel nicht«, schmollte sie und verzog das Gesicht. »Du führst mich an der Nase herum.«
Sophie war in der Klemme. Ihr war klar, dass sie den

Abstand verringern musste, sonst würde Mafalda die Lust verlieren.

»Unsinn«, behauptete Sophie. »Komm schon her und hol ihn dir. Schau, wie schön er in der Sonne funkelt ...« Sie ließ das Schmuckstück aufblitzen.

Mafalda zögerte, dann machte sie ein paar Schritte auf Sophie zu. Sophie wartete. Das Herz klopfte ihr bis zum Hals. Sie durfte Mafalda auf keinen Fall zu dicht an sich herankommen lassen.

Die Flussfrau blieb wieder stehen, als hätte sie Sophies Gedanken gelesen.

»Du willst mich reinlegen«, sagte Mafalda misstrauisch. »Das ist eine Falle.«

Sophie erstarrte innerlich. »So ein Quatsch«, sagte sie schnell. »Der Reif ist ein Geschenk. Weil du Gold doch so liebst.«

Doch Mafalda blieb stur. »Ich hab schon genug davon.«

»Aber bestimmt nicht so einen wunderschönen Halsreif! Sieh mal – er ist wie für eine Königin gemacht.«

Sophie hielt sich das Schmuckstück an den Hals.

Mafalda zögerte noch immer.

Verzweifelt entschied sich Sophie, zum zweiten Mal den mächtigen Namen auszusprechen.

»Komm schon, Mafalda«, lockte sie, »hol dir das Gold!«

Mafaldas Gier gewann wieder die Oberhand. Die

Flussfrau bewegte sich auf Sophie zu. Sophie ließ sie ein Stück herankommen und zog sich dann vorsichtig zurück, behutsamer als zuvor, Schritt für Schritt. Dabei überlegte sie fieberhaft, was sie tun sollte, wenn Mafalda erneut die Lust verlor. Ein einziges Mal durfte sie den Namen noch benutzen, aber würde das genügen? Würde sie die Treppe erreichen?
»Bleib endlich stehen!«, verlangte die Flussfrau nach wenigen Metern. Es klang sehr entschieden.
So würde es nie klappen. Sophie musste ihre Taktik ändern.
»Ich glaube, ich werde den Reif lieber behalten«, sagte Sophie, unsicher, ob ihr neuer Plan funktionieren würde. »Er ist so schön. Und er steht mir wunderbar. Warum soll ich ihn verschenken?« Mit zitternden Fingern legte sie sich den Halsreif um und ließ den Verschluss einschnappen.
Wut verzerrte Mafaldas Gesicht.
»Du willst mir *mein* Gold wegnehmen?«, schnaubte sie.

»Mein Gold, mein Gold«, äffte Sophie die Flussfrau nach. »Der Reif gefällt mir und er gehört jetzt mir, basta!« Mafalda fauchte und stürzte mit ausgestreckten Armen auf sie zu. Sophie drehte sich um und flitzte los. Hinter sich hörte sie Mafaldas Keuchen. Die Flussfrau kam hinterher.
Sophie triumphierte. Der Trick hatte geklappt. Doch kurz darauf packte sie die Panik. Mafalda war unglaublich schnell! Sie holte in Windeseile auf. Der Abstand zwischen den beiden verringerte sich mit jeder Sekunde. Immer lauter wurde das Keuchen hinter ihr. Sophie wagte keinen Blick mehr zurück, sondern rannte wie um ihr Leben. Sie hatte das Gefühl, dass Mafalda schon ganz nah war. Kratzten ihre Fingernägel nicht schon an ihrem Anorak?
Die Schlosstreppe kam in Sicht. Noch gut hundert Meter. Sophie rannte, so schnell sie konnte.
»Gib ... es ... her!«, keuchte Mafaldas Stimme in ihr Ohr.

Fünfzig Meter. Vierzig.

Sophie spürte die Finger in ihrem Nacken. Sie griffen nach dem Reif. Verfehlten ihn. Die Angst verlieh Sophie ungeahnte Kräfte.

Sie rannte.

Noch zwanzig Meter. Zehn.

Die erste Stufe.

Plötzlich wurde sie zurückgerissen. Mafalda hatte den Reif erwischt und hielt ihn fest. Sophie spürte ein grässliches Würgen. Die Luft blieb ihr weg.

»Meins«, kreischte Mafalda und zog noch fester.

Vor Sophies Augen begannen schwarze Punkte zu tanzen.

Max blickte nervös zur Tür. Es passte ihm gar nicht, dass Sophie sich allein auf die Suche gemacht hatte. Er beschloss, sich Hartriegels Verbot zu widersetzen, und stand vom Stuhl auf.

»Ich muss ihr helfen!«

»Dann mach lieber gleich dein Testament, du Narr«, knurrte Hartriegel. »Ein zweites Mal wirst du nicht so viel Glück haben!«

Max zögerte. Obwohl er keine vernünftige Erklärung für all die Ereignisse hatte, war ihm klar, dass er nur haarscharf einem Unglück entgangen war.

Hartriegel, der ihn beobachtete, nickte.

»Du bist vernünftig. Gut.« Er zog eine Schublade auf

und holte eine dunkle Sonnenbrille heraus. »Hier, die ist für dich.« Er schob die Brille über den Tisch. Dann wühlte er weiter in der Schublade herum und brachte eine zweite Brille zum Vorschein.

Max setzte die Sonnenbrille auf.

»Passt sie?«, fragte Hartriegel. »Sonst tauschen wir.«

Die Brille war etwas zu groß und saß locker. Die zweite passte besser. Als Max den Kopf bewegte, hatte er nicht das Gefühl, dass sie gleich von der Nase rutschen würde.

»Wozu brauchen wir die Brillen?«, wollte er wissen und schob die Brille auf die Stirn, weil es sonst im Zimmer zu dunkel war.

»Sie beschützen unsere Augen vor Mafaldas Anblick«, erklärte Hartriegel. »Es sind Spezialgläser mit einem magischen Filter.«

Max hätte die Brillen für normale Sonnenbrillen gehalten. Hartriegel konnte ihm viel erzählen. Ständig dieses Gerede von Magie! Sie lebten doch nicht im Mittelalter, wo alle Menschen noch an Zauberer und Hexerei glaubten! Man schrieb das einundzwanzigste Jahrhundert!

Jetzt öffnete Hartriegel eine kleine Blechschachtel.

»Ohrenstöpsel«, sagte Max überrascht. »Wozu?«

»Gegen Mafaldas Lockgesang«, antwortete Hartriegel.

»Auch mit magischem Schutz?« In Max' Stimme schwang eine Spur Spott.
»Nein, aus der Apotheke«, entgegnete Hartriegel und stand auf. »Wenn die Ohren ordentlich verstopft sind, ist kein Zauber möglich.« Sein Zeigefinger bohrte sich auf Max' Brust. »Glaubst du noch immer nicht, dass mit Flussfrauen nicht zu spaßen ist? Es sind höchst gefährliche Geschöpfe. Schloss und Riegel nützen nichts. Sie brauchen einen magischen Käfig und einen kräftigen Bannzauber.«
»Was wird hier eigentlich gespielt?«, regte sich Max auf. »Das ist doch nicht normal! Magie! Bannzauber! Flussfrauen! Bin ich hier im Gespensterpark oder was?«
»So könnte man es nennen.«
»WAS?«
»Erklär ich später«, wich Hartriegel aus. »Jetzt haben wir Wichtigeres zu tun. Sobald Sophie mit Mafalda auf der Treppe erscheint, müssen wir die Blumenkübel in die ursprüngliche Stellung drehen. Dadurch wird der Zauber rückgängig gemacht und die Flussfrau ist wieder gefangen. – Komm.«
Sie verließen das Büro und gingen durch die Halle. Bevor Hartriegel die Flügeltür öffnete, setzten sie ihre Sonnenbrillen auf und verstopften sich die Ohren. Ab sofort würden sie sich mit Handzeichen verständigen.

Als Max aus dem Schloss trat, war alles in dunkle Brauntöne getaucht. Er musste sich erst an die veränderte Sicht gewöhnen. Die Sonne sah durch die Brille wie eine Reiswaffel aus. Der Park wirkte finster und gespenstisch. Die Treppe mit den Blumenkübeln auf der Brüstung war gerade noch erkennbar.
Plötzlich durchfuhr Max ein eisiger Schreck. Auf der untersten Stufe lag Sophie. Die Flussfrau kniete über ihr.
»Sophie!«, schrie Max. Trotz der Ohrenstöpsel vernahm er, wie Hartriegel neben ihm brüllte: »Mafalda!«
Die Flussfrau sah zu ihnen herauf. Triumphierend warf sie die Arme in die Luft und zeigte ihre Beute: den geborstenen, goldenen Halsreif.
Hartriegel stöhnte. »Sie hat den Schmuck. Jetzt ist alles zu spät.«
Doch Max hörte Hartriegels Worte nicht. Er hatte nur Augen für Sophie. Unwillkürlich fuhr seine rech-

te Hand in die Hosentasche und umfasste die Schutzgemme. Der Stein war warm und pulsierte. Max spürte die Kraft, die von ihm ausging. Mit einem Mal wusste er, was er zu tun hatte.
Er rannte die Treppe hinunter, nahm immer zwei Stufen auf einmal. Die Flussfrau bewegte ihren Mund und rief nach ihm, aber Max hörte keinen Laut und spürte auch nicht den unwiderstehlichen Zwang, ihr zu gehorchen – so wie beim ersten Mal. Dafür bemerkte er, wie sich Sophie regte und langsam wieder auf die Füße kam.

Sophies Kopf dröhnte zum Zerspringen. Sie konnte keinen klaren Gedanken fassen, aber wenigstens hatte der Schmerz an ihrem Hals nachgelassen. Als sie den Nacken bog, sah sie über sich das Gold funkeln. Sophie reagierte unmittelbar. Von der Hocke aus sprang sie in die Höhe und versuchte der Flussfrau den Halsreif aus den Händen zu reißen. Jetzt zahlte es sich aus, dass Sophie in der Schule eine so gute Handballerin war. Ihre Schnelligkeit und Zielsicherheit wurden von Mitspielern geschätzt und von den Gegnern gefürchtet.
Der Überraschungsangriff hatte Erfolg. Mafalda war so überrumpelt, dass Sophie ein Ende des Halsreifs fassen konnte. Die beiden zerrten und zogen, bis der Halsreif an einer zweiten Stelle zersprang und jede

einen Teil davon in der Hand hielt. Durch die Wucht verlor Sophie das Gleichgewicht und stieß gegen das steinerne Treppengeländer. Auch Mafalda geriet ins Taumeln, suchte Halt – und in diesem Augenblick gelang es Max, ihr das Gold zu entwinden.

Blitzschnell fasste er Sophie am Arm und zog sie auf die Beine. Dann rannten die beiden die Treppe hinauf, verfolgt von der wutschnaubenden Flussfrau, die ihre Arme abwechselnd nach Max und nach Sophie ausstreckte. Die Kinder spürten die Nässe, die von Mafalda ausging, ihr Kleid roch nach Moder und die langen Haarsträhnen fühlten sich an wie schleimige Algen.

Durch die Schutzbrille hindurch erkannte Max, dass Hartriegel hinter einem der Blumenkübel kauerte und ihm ein Handzeichen machte: *Nach links!*

Max begriff und warf sich zur Seite. Durch die heftige Bewegung verlor er einen Ohrenstöpsel, und er hörte Hartriegel brüllen:

»Gegen den Uhrzeigersinn! Eine halbe Drehung!«

Max packte den Kübel. Da war Sophie schon bei ihm und gemeinsam drehten sie den Blumenkübel in die vorgeschriebene Richtung – gleichzeitig mit Hartriegel, der sich auf der gegenüberliegenden Seite zu schaffen machte.

Als Sophie aufsah, erblickte sie Mafalda. Sie war mitten in der Bewegung erstarrt, als sei sie von einer plötzlichen Lähmung befallen worden. Ihr Gesicht war dem Himmel zugewandt. Sie hatte die Arme ausgestreckt und die Finger gespreizt. Das grüngoldene Gewand begann zu flimmern. Links und rechts aus den Armen sprossen Zweige. Aus den Fingern wuchsen unzählige Blätter. Das blonde Haar verfärbte sich grün, wurde zu einer Baumkrone. Mafaldas Gesichtszüge veränderten sich und wurden immer starrer. Der Teint verdunkelte sich. Wurde zu Holz. Zu einem Ast. Einen Moment lang war noch ein Gesicht zu erkennen, dann wurde alles zu knorriger Rinde.

Im selben Moment kam ein starker Wind auf. Die Blätter wurden abgerissen, Zweige und Äste wirbelten durch die Luft. Es entstand ein grüner Kreisel, der sich schnell und immer schneller drehte. Sophie wurde es allein vom Zusehen schwindelig.

Mit einem Mal legte sich der Wind. Der Kreisel sank in sich zusammen, und auf der Treppe blieb nur noch ein Häuflein Blätter und Rinde zurück. Die Flussfrau war verschwunden.
Hartriegel nahm die Schutzbrille ab und zog sich die Ohrenstöpsel heraus.
»Das wär's«, sagte er langsam und atmete tief durch. »Jetzt ist Mafalda wieder dort, wo sie hingehört.«
Sophie erschauderte. »Ist sie tot?«, fragte sie.
»Nein, nur gebannt durch Erdkraft.« Hartriegel musterte die Blumenkübel. »Morgen müssen wir die Kübel neu bepflanzen. Und am besten, wir zementieren sie auf der Treppe fest, damit sie keiner mehr versehentlich dreht.«
»Es tut mir wirklich leid«, meinte Sophie schuldbewusst. »Ich konnte wirklich nicht ahnen, dass das solche Folgen hat. Ich wollte nur, dass sich die Enten ansehen.« Bei der Erinnerung daran stellten sich ihre Nackenhärchen auf.
Auch Max hatte inzwischen seine Sonnenbrille abgenommen.
»Sie sind uns eine Erklärung schuldig«, sagte er zu Hartriegel. »Was hat es mit diesem Schlosspark auf sich? Wir wollen jetzt alles wissen. Jede Einzelheit.«
Hartriegel nickte bedächtig. »Das ist euer gutes Recht. Kommt ins Schloss. Drinnen werde ich euch alles erzählen.«

Der Gespensterpark

Sie saßen im Büro. Auf dem Schreibtisch lagen die beiden Teile des kaputten Halsreifs.

Amadeus Hartriegel griff danach und seufzte. »Ich muss den Schmuck an den *Geheimen Rat der Zwölf* schicken. Zusammen mit einem ausführlichen Bericht darüber, was heute geschehen ist.« Er sah die beiden Kinder an. »Gebt mir euer Ehrenwort. Ihr dürft keiner Menschenseele verraten, was ich euch jetzt sagen werde.«

»Kein Versprechen im Voraus«, protestierte Max sofort. »Wer garantiert uns, dass sich hier nicht etwas abspielt, worüber die Polizei Bescheid wissen sollte?«

»Mein junger Freund, die Polizei ist in diesem Fall völlig hilflos. Das könnt ihr mir glauben.« Hartriegel räusperte sich. »Na gut. Dann formuliere ich es als Bitte. Bitte erzählt niemandem etwas davon.«

Sophie und Max wechselten einen verschwörerischen Blick und nickten. Eine Bitte war etwas anderes. Damit konnten sie eher leben.

»... kein Wort zu den Eltern, Geschwistern, Freunden, Großeltern, zum Pfarrer, zu den Lehrern oder

sonst jemandem«, bekräftigte Hartriegel und beugte sich nach vorne. »Selbst euren Haustieren solltet ihr nichts davon erzählen.«
Max stutzte. »Haustiere?«
»Noch nie davon gehört, dass Papageien Geheimnisse ausplaudern können?«, gab Hartriegel zurück.
»Unser Zwergkaninchen Mümmi kann nicht sprechen«, sagte Max. »Und ein anderes Tier haben wir nicht.«
»Ich hab auch keins«, fügte Sophie hinzu.
»Wenn die falschen Leute davon erfahren, werden Sinn und Existenz dieses Parks in Frage gestellt«, fuhr Hartriegel in ernstem Ton fort. »Eigentlich dürfen überhaupt keine Außenstehenden eingeweiht werden.« Er holte tief Luft. »Dieser Park ist nämlich eine Art Zoo. Allerdings nicht für Tiere. Wir kümmern uns um Gespenster und andere Geschöpfe der weißen und schwarzen Magie.«
Sophie und Max brauchten einige Sekunden, um die Nachricht zu verdauen. Sie sahen sich an. Es war, als würde ihnen der Teppich unter den Füßen weggezogen. Mit einem Mal wurde alles, woran sie bisher geglaubt hatten, auf den Kopf gestellt.
Gespenster!
Magische Kreaturen!
Und gleich ein ganzer Zoo davon!
Sophie schluckte. Sie wusste nicht, ob sie es bedauern

oder ob sie sich beglückwünschen sollte, dass sie in ein solches Abenteuer hineingeraten war.
Max ging es genauso. Bisher hatten die Naturgesetze ihre Gültigkeit gehabt und Gespenster hatten seiner Meinung nach ins Reich der Phantasie gehört.
Aber nun?
Max fand als Erster die Sprache wieder. »Ei-eigentlich wollte ich bloß einen Job ...«
»Ich auch«, ergänzte Sophie mit schwacher Stimme.
»Den sollt ihr auch haben«, versprach Hartriegel. »Ihr sollt hier arbeiten und dafür bezahlt werden.« Er wandte sich an Sophie. »Du auch, falls das noch nicht ganz klar war.«
Sophie lächelte schief. Sie hatte sich den Job anders vorgestellt.
»Man kann sagen, dass sich euer Aufgabenbereich ab jetzt erweitert«, erklärte Hartriegel. »Ihr sollt nicht nur den Park pflegen, sondern euch auch um die einzelnen Geschöpfe kümmern.«
»Etwa um Geschöpfe wie Mafalda?«, schrie Sophie entsetzt.
»Beruhige dich, es sind nicht alle so«, versuchte Hartriegel sie zu beschwichtigen. »Es gibt durchaus nette und hilfreiche Gespenster.« Er sah Max an, als erhoffte er sich von ihm Unterstützung. »Zum Beispiel Klammergeister. Die sind im Prinzip ganz harmlos. Sie richten höchstens ein bisschen Schabernack

an. Wie mein kleiner Nepomuk, den du bei deinem ersten Besuch erlebt hast.«

»Das unsichtbare Ding, das Ihnen auf die Schulter gesprungen ist?«, erkundigte sich Max.

»Genau. Klammergeister brauchen viel Zuwendung und Anregung, sonst fangen sie an, sich zu langweilen.«

»Und wo sind all die Gespenster?«, wollte Sophie wissen, die sich langsam von dem Schock erholte. »Draußen im Park ist mir nichts aufgefallen ...«

»Hinter dem Park, den ihr normalerweise seht, existiert noch eine andere Welt. Eine zweite Ebene sozusagen«, erklärte Hartriegel.

»Wie bei Computerspielen«, sagte Max. »Der nächste Level.«

»Gespensterlevel«, murmelte Sophie. »Na, vielen Dank.«

»Mit Computern kenne ich mich nicht besonders gut aus«, erwiderte Hartriegel. »Obwohl ich mich an diese Kiste«, er klopfte sachte auf den Bildschirm, der rechts vor ihm stand, »notgedrungen gewöhnen musste.« Er schaltete das Gerät ein. Der Computer fuhr langsam hoch, und auf dem Bildschirm erschienen nach und nach Zahlen- und Buchstabenreihen.

»Genauso lahm wie meiner zu Hause«, bemerkte Max, der den Hals gereckt hatte.

»Na ja, aber er tut's.« Hartriegel trommelte mit seinen Fingern auf die Tischplatte. »Magische Kreaturen hat es schon immer gegeben. Seit Jahrtausenden. Eigentlich seit Beginn der Zeitrechnung. Die Sagen erzählen noch davon. Zum Beispiel Lilith, Adams erste Frau. Oder Lamien. Das sind die Vorgänger der Vampire. Der Riesenvogel Roch. Drachen. Poltergeister. Nixen. Es gibt unendlich viele Arten. Manche haben sich von allein entwickelt. Andere wiederum wurden künstlich im Labor geschaffen oder mit magischer Kraft ins Leben gerufen. Manche dieser Wesen sind den Menschen wohlgesonnen, andere wollen ihnen schaden. Allen magischen Kreaturen ist jedoch eines gemeinsam: dass sie in der Menschenwelt ungern geduldet werden. Sie werden verfolgt, totgeschwiegen, verdrängt. Manche sind schon fast vollständig ausgerottet worden. Deswegen beschloss man vor langer Zeit, spezielle Schutzzonen für diese Geschöpfe einzurichten.«

»Eine Art Reservate«, meinte Sophie.

»Oder Nationalparks«, ergänzte Max.

»Ja«, bestätigte Hartriegel. »Allerdings mit dem Unterschied, dass der Zugang für Menschen normalerweise verboten ist. Wir wollen keine Besucher oder neugierige Gäste. Nur die Pfleger und Wärter sind zugelassen.« Er machte eine kleine Pause. »Kontrolliert werden die Parks vom *Geheimen Rat der Zwölf.*«

»Und wer ist das?«, fragte Sophie. All die phantastischen Dinge, die sie soeben gehört hatte, stachelten ihre Neugier noch mehr an.

Hartriegel zögerte. »Ich weiß nicht, ob ich euch das jetzt schon auf die Nase binden soll. Na gut. Eines Tages erfahrt ihr es ja doch. Der *Geheime Rat der Zwölf* ist eine Gruppe der derzeit mächtigsten weißen und schwarzen Magier. Sie werden alle dreizehn Jahre neu gewählt.«

»Magier«, wiederholte Max beeindruckt. Das klang alles so unglaublich! Zuerst mussten sie sich mit Gespenstern abfinden, und jetzt erfuhren sie, dass es offenbar auch noch jede Menge Magier gab.

»Diese zwölf Magier haben untereinander ein Abkommen geschlossen, in dem sie versprechen, niemals eines dieser Wesen zu eigenen Machtzwecken zu gebrauchen«, sagte Hartriegel. »Die Parks wurden geschaffen, um die Vielfalt der magischen Kreaturen zu erhalten und ihr Wohlergehen zu sichern. – Aha, endlich.« Er beugte sich zum Bildschirm. Der Computer war betriebsbereit. »Kommt rüber, ich will euch etwas zeigen.«

Während Sophie und Max mit ihren Stühlen um den Schreibtisch herumrückten, hackte Hartriegel auf der Tastatur herum und griff dann zur Computermaus. Auf dem Bildschirm erschien nervtötend langsam eine Fotografie des Schlosses. Endlich war das Bild vollständig. Hartriegel klickte weiter. Auf dem

Monitor baute sich ruckweise ein farbiger Lageplan des Parks auf. Grünflächen und Blumenbeete hoben sich voneinander ab. In der Mitte der Karte war das Schloss eingezeichnet. Von dort aus zweigten verschiedene Wege ab, die manchmal ein geometrisches, manchmal ein völlig verschlungenes Muster bildeten. Sophie erkannte den Delphinteich und den Teil des Parks, den sie bei ihrem Abenteuer mit Mafalda kennengelernt hatte.

»So sieht der Park für gewöhnliche Besucher aus«, murmelte Hartriegel und drückte auf die *Bild-ab*-Taste. »Er wurde im achtzehnten Jahrhundert von dem damaligen Schlossherrn angelegt.«

Der Karte nach musste der Park riesig sein.

»ROSENGARTEN«, murmelte Max, während sich die Karte nach oben bewegte. »ORANGERIE, IRRGARTEN, SÜDLICHER PARK.«

Hartriegel klickte einen Kreis an. Auf dem Bildschirm ging ein Fenster auf, und er gab ein dreizehnstelliges Passwort ein.
Daraufhin veränderte sich das Bild erneut.
Es waren ähnliche Umrisse zu sehen, aber die Beschriftung lautete völlig anders.
»ALLEE DER TRÄUME«, las Max vor. Seine Stimme klang vor Aufregung heiser. »SPERRBEZIRK, HEXENKESSEL, MONSTERHÜGEL, KLEINGEISTER-ABTEILUNG ...«
»Das ist die Ebene, die hinter dem eigentlichen Park liegt«, erklärte Hartriegel. »Sie entstand gleichzeitig mit dem Schlosspark. Ebene eins und Ebene zwei sind durch magische Tore miteinander verbunden. Eine Ebene kann nicht ohne die andere existieren, sie bilden eine untrennbare Einheit.«
»Aha«, machte Max. Jetzt waren für ihn einige Dinge verständlicher, beispielsweise das verzauberte Stück Erde, das er umgegraben hatte, oder das Tor in der Hecke, das auftauchen und wieder verschwinden konnte.
Hartriegel berichtete nun, dass der jeweilige Schlossherr die Verantwortung für den Park trug. »So ist es jedenfalls in der Vergangenheit gewesen. Momentan haben wir leider ein Problem. Der eigentliche Schlossbesitzer ist unauffindbar. Der alte Besitzer starb vor einiger Zeit, aber es gibt einen Sohn, der sich wahr-

scheinlich in Amerika aufhält. Wir konnten ihn noch nicht aufspüren. Ich bin übergangsweise als Verwalter eingesetzt worden. Ich habe dem alten Schlossherrn auf seinem Totenbett das Versprechen gegeben, dass ich mich um alles kümmern werde, bis der rechtmäßige Erbe hier erscheint.« Hartriegel sah auf einmal erschöpft aus.

»Kann man ihn denn nicht übers Internet suchen lassen?«, schlug Max vor.

»Glaub mir, wir haben schon alles Mögliche versucht«, antwortete Hartriegel. »Eines Tages werden wir ihn auch finden, davon bin ich fest überzeugt. Nur wann, das ist eben die Frage ... Weil mir die Arbeit hier in der letzten Zeit etwas zu viel wurde, hat mir der *Geheime Rat der Zwölf* erlaubt, dass ich mir einen Helfer suche.« Er lächelte und sah die beiden Kinder an. »Jetzt habe ich gleich zwei. Umso besser.«

Sophie rutschte unruhig auf ihrem Stuhl herum. »Und was sollen wir tun? Irgendwie klingt das alles ziemlich gefährlich ...«

»Ein Kinderspiel ist es gewiss nicht«, meinte Hartriegel. »Aber ich bin überzeugt, dass ihr die Richtigen dafür seid. Mit Max habe ich einen kleinen Eignungstest gemacht. Und du ... Wer Mafalda besiegen kann, der kann auch Pflegerin im Gespensterpark werden! – Aber ich verstehe sehr gut, dass ihr Bedenken habt.«

Er beendete das Computerprogramm und stand auf. »Vielleicht ist es das Beste, wenn ich mit euch erst mal eine kleine Führung durch den Gespensterpark mache.«

Die Allee der Träume

»Eigentlich ist mein Bedarf an Aufregungen für heute gedeckt«, flüsterte Max Sophie zu, während sie hinter Hartriegel durch den Flur gingen.

Sophie nickte. »Nicht nur für heute, sondern auch für die nächsten Wochen«, gab sie wispernd zurück. »Was passiert, wenn wir aussteigen?«

»Keine Ahnung«, antwortete Max leise. »Aber falls Hartriegel den *Geheimen Rat der Zwölf* auf uns hetzt, haben wir bestimmt nichts zu lachen.«

Jetzt waren sie Eingeweihte und konnten nicht so tun, als würde das Ganze sie nichts angehen. Mit dem heutigen Tag hatte sich ihr Leben verändert. Sie konnten die Existenz von Gespenstern nicht mehr leugnen. Selbst wenn sie versuchen würden, alles zu vergessen – es würde ihnen nicht gelingen. Sophie war sicher, dass sie sich noch mit siebzig Jahren an Mafalda erinnern würde …

»Weiße und schwarze Magie«, flüsterte Sophie. »Ich hab nicht gedacht, dass es so was tatsächlich gibt.«

»Ich auch nicht.«

Sie verließen das Schloss und folgten Hartriegel die Treppe hinunter. Sophie blickte mit gemischten Gefühlen auf die beiden leeren Blumenkübel. Die würde sie bestimmt nicht mehr anrühren! Würden die Buchsbaum-Enten nicht fehlen, hätte man meinen können, alles sei nur ein Traum gewesen …

Inzwischen hatte der Wind die meisten Blätter von den Stufen geweht. Die Sonne stand tiefer. Hartriegel ging noch immer voran. Sie wandten sich nach Süden und kamen zu einer Allee mit mächtigen, kahlen Pappeln. Sie schien sich bis ins Endlose zu erstrecken.

»Wir sind da«, verkündete Hartriegel. »Hier ist eines der magischen Tore zum Gespensterpark. Um in die *Allee der Träume* zu gelangen, muss man rückwärts gehen und dabei vorwärts denken.«

Die Kinder starrten Hartriegel an.

»Rückwärts gehen und vorwärts denken?«, wiederholte Max. »Wie soll das funktionieren?«

»Rückwärts gehen ist klar«, meinte Hartriegel und tänzelte ein paar Schritte zurück. »Und vorwärts denken bedeutet, dass ihr an etwas denken sollt, das erst noch kommen wird: morgen, nächste Woche, nächstes Jahr …«

»Beispielsweise an Weihnachten?«, fragte Sophie nach.

»Meinetwegen auch an Weihnachten«, sagte Hartriegel. »Hauptsache, ihr konzentriert euch. Anfangs muss man es vielleicht ein wenig üben …«

Die Aufgabe klang nicht sehr schwierig. Sophie fand, dass sich Hartriegel gern ein bisschen wichtig machte.

»Viel Glück«, sagte er jetzt. »Dann sehen wir uns gleich wieder in der *Allee der Träume.*«

Mit jedem Schritt zurück wurden seine Umrisse verschwommener. Er löste sich in Nichts auf und war verschwunden.

»Unglaublich«, sagte Max beeindruckt.

Sophie nickte.

»Sollen wir auch?«, fragte sie zögernd. »Oder nehmen wir lieber unsere Räder und verkrümeln uns? Jetzt ist die Gelegenheit günstig …«

Max kämpfte mit sich. Einerseits hatte er Angst vor dem Ungewissen, andererseits fand er es auch faszinierend. Der Gespensterpark reizte seine Neugier sehr. »Ehrlich gesagt, würde ich gern mal einen Blick riskieren.«

»Ich auch«, gestand Sophie.

Sie grinsten sich an, weil sie mal wieder einer Meinung waren.

»Also, wie war das noch?«, überlegte Max laut. »Vorwärts denken und rückwärts gehen …«

Er und Sophie fingen an, sich rückwärts zu bewegen. Sophie versuchte, sich das nächste Weihnachtsfest vorzustellen. Doch bald ertappte sie sich dabei, dass ihre Gedanken zum letzten Weihnachtsfest gewandert waren. Sie hatte sich an die Inlineskates erinnert, die sie damals bekommen hatte.

»Falsch!«, sagte sie laut und schüttelte ärgerlich den Kopf. Hartriegel hatte doch recht. Es war nicht ganz einfach!

Sie überlegte. Welches Ereignis lag in naher Zukunft?

Ihr fiel die Mathearbeit ein.

Sie stellte sich vor, wie Herr Kern morgens zur Tür hereinkommen und die Blätter verteilen würde. Sicher wieder vier Aufgaben, unterteilt in »a« und »b«. Vielleicht auch mit einer krakeligen Zeichnung, bei der keiner durchblickte. Sophie malte sich aus, wie sie vor dem Blatt sitzen und sich den Kopf zermartern würde. In ihrem Hirn würde gähnende Leere sein. Ratlos würde sie ein paar Zahlen aufs Papier kritzeln …

Während sie darüber nachdachte, merkte sie, wie es ringsum immer dunkler wurde. Mit jedem Schritt rückwärts schien sich der Himmel zu verfinstern. Es war eine völlig unnatürliche Finsternis, kein plötzlich aufziehendes Gewitter … Ob das schon der Übergang zum Gespensterpark war?

»Weiter«, dachte Sophie. Sie durfte sich nicht ablenken lassen. Sie versuchte sich wieder auf die Mathearbeit zu konzentrieren.

Die Minuten würden verrinnen, ohne dass sie eine

Lösung finden würde. Schließlich würde Herr Kern neben ihrem Tisch stehen und ihr mit überheblichem Lächeln das Blatt abnehmen.

»Na, Sophie, wieder mal totale Mattscheibe? So eine Niete wie dich habe ich noch nie unter meinen Schülern gehabt. Ich werde mit deinen Eltern sprechen, damit sie dich von der Schule nehmen …«

Aber was war das?

Die kahlen Bäume waren verschwunden. Sophie saß im Klassenzimmer, und Herr Kern stand leibhaftig vor ihr – mit seinem karierten Hemd und der schlecht sitzenden grauen Hose, deren Bund meistens unter den Bauch rutschte.

»Du wirst die ganze Nacht hier bleiben und nachsitzen …«

Sophie schaute aus dem Fenster. Draußen war es stockfinster. Sie war die Einzige, die noch im Klassenzimmer hockte. Es roch nach Kreide und Bohnerwachs. Die anderen Stühle waren hochgestellt. Herr Kern quetschte sich hinters Pult, holte die Zeitung hervor und begann zu lesen. Sophies Herz klopfte bis zum Hals.

»Bestimmt ... bestimmt machen sich meine Eltern Sorgen, wo ich so lange bleibe ...«

Herrn Kerns Gesicht erschien über dem Zeitungsrand. Was für ein widerliches Grinsen!

»Du wirst diesen Raum erst verlassen, wenn du alle Aufgaben gelöst hast – und zwar fehlerfrei!«

»Ich kann nicht«, stammelte Sophie. Herr Kern verlangte Unmögliches von ihr!

»Streng dich gefälligst an«, donnerte der Mathelehrer.

»Streng dich an, streng dich an«, hallte es in Sophies Ohren, lauter und lauter, bis ihr Kopf dröhnte und alles um sie herum schwarz wurde. Vor lauter Verzweiflung brach Sophie in Tränen aus. Sie tat doch ihr Möglichstes ...

»Sophie! He, Sophie!«

Jemand rüttelte an ihrem Arm.

Sophie öffnete die Augen. Ringsum war es noch immer stockfinster.

»Ich bin's, Max!«

Der Lichtkegel einer Taschenlampe erhellte plötzlich die Finsternis. Sophie erkannte neben sich Max. Er streichelte ihren Arm. Hinter ihm stand Hartriegel, der mit der Lampe durch die Gegend leuchtete.
»Wir sind da«, sagte Max.
»Oh, Max.« Sophie merkte selbst, wie zittrig ihre Stimme klang. »Ich hab grad Herrn Kern gesehen, er wollte mich zwingen, die ganze Nacht im Klassenzimmer zu bleiben …«
»Ein Traum«, bemerkte Hartriegel.
»Mir ist es nicht viel besser ergangen«, erzählte Max. »Ich hab mir eingebildet, dass jemand meine kleine Schwester entführt hat und dass die Polizei bei uns gewesen ist … Es war schrecklich!«
»Jeder, der die *Allee der Träume* betritt, erlebt das, wovor er gerade am meisten Angst hat«, sagte Hartriegel. »Aber es sind nur Träume und deswegen besteht keine tatsächliche Gefahr. Es ist sogar ein recht harmloser Teil des Gespensterparks. In den Bäumen hier«, er leuchtete einen dicht belaubten Ast an, »hausen Nachtmahre. Sie sind an und für sich ungefährlich. Ihre Macht besteht aus reiner Gedankenkraft. Sie beißen und spucken nicht, sondern vervielfachen nur die inneren Ängste und geben sie an den Absender zurück.«
»Danke, mir reicht's«, meinte Sophie. Hartriegel hätte sie auch ein bisschen besser vorwarnen kön-

nen. »Und wovon haben Sie geträumt?«, fragte sie spitz.
Hartriegel murmelte nur etwas vom *Geheimen Rat der Zwölf* und gab keine genaue Auskunft. »Lasst uns weitergehen.«
»Noch mehr Überraschungen auf Lager?«, fragte Max misstrauisch.
»In der *Allee der Träume* nicht.«
»Sie sollten sie *Allee der Albträume* nennen«, mischte sich Sophie ein. »Herzinfarkt und Schockzustand im Eintrittspreis inbegriffen.«
»Ich dachte, ihr seid mutig und furchtlos?«, gab Hartriegel zurück. »Übrigens – je öfter man durch die *Allee der Träume* geht, desto sicherer weiß man, dass man träumt …«
Sophie schnitt eine Grimasse. Sie hatte nicht die geringste Absicht, noch sehr oft durch die *Allee der Träume* zu gehen. »Gibt es noch andere Tore?«
»Sicher«, antwortete Hartriegel. »Aber dies ist einer der leichtesten und ungefährlichsten Zugänge.«
Sophie hütete sich, nach weiteren Einzelheiten zu fragen. Im Moment wollte sie gar nicht wissen, welche Besonderheiten die anderen Tore hatten.
Zusammen mit Max folgte sie Hartriegel, der wieder die Führung übernommen hatte und mit der Taschenlampe den Weg ausleuchtete.
Sie benötigten die Lampe jedoch nur kurze Zeit. Es

war genau umgekehrt wie vorhin: Mit jedem Schritt vorwärts wurde es heller. Die Finsternis löste sich auf.
Sophie und Max sahen links und rechts von sich riesige Bäume, die noch höher und größer waren als die Pappeln im Schlosspark. Jahreszeiten schienen hier im Gespensterpark keine Rolle zu spielen oder in einem anderen Rhythmus abzulaufen, jedenfalls hingen die Bäume voller Blätter.
Max hielt Ausschau nach den Nachtmahren. Er hatte keine Ahnung, wie diese Wesen aussahen, und war neugierig. Einmal gelang es ihm tatsächlich, einen Blick auf ein eulenartiges Geschöpf zu erhaschen, das in den Zweigen saß. Es war etwa einen halben Meter hoch und hatte dichtes, weißes Gefieder. Es sah aus wie eine Schnee-Eule – hatte aber nur ein ein-

ziges großes Auge über dem gelben Schnabel.
Der Nachtmahr zwinkerte erschrocken, als er sich entdeckt fühlte, und versteckte sich in Windeseile zwischen dem Laub.
»Nachtmahre sind sehr scheu.«
Hartriegel hatte das Wesen ebenfalls gesehen. »Sie haben selbst Angst vor allem. Der Albtraum, den sie jedem Ebenen-Wechsler bescheren, ist eine Art Schutzreaktion, keine böse Absicht. Das läuft ganz automatisch ab.«
Jetzt taten Max die Nachtmahre leid. Es musste schrecklich sein, wenn man sich dauernd vor allem fürchtete.
»Wir kommen zur Kleingeister-Abteilung«, sagte Hartriegel, als sie das Ende der Allee erreichten. Vor ihnen lag ein Rondell, das aus lauter blaugoldenen Pavillons gebildet wurde. Manche hatten

schmiedeeiserne Gitter und sahen aus wie Käfige, andere hatten richtige Wände mit Türen und Fenstern. Im ersten Käfig hockte eine Reihe von wunderlichen, affenartigen Geschöpfen in den unterschiedlichsten Farben. Die Palette reichte von Rosa über Orange zu Zartlila. Die meisten dieser Wesen hatten Flügel. Als sich Hartriegel mit den beiden Kindern dem Käfig näherte, fingen sie an, gegen das Gitter zu hüpfen und Krach zu schlagen. Manche zeigten schnatternd ihre Zähne oder schnitten lächerliche Grimassen.

»Plagegeister«, erklärte Hartriegel. »Es gibt unzählige Arten. Hier drin sind Giftspritzer, Jähzornlinge, Wutschnauber und Nervensägen.«

Sophie und Max beobachteten interessiert die kleinen Geschöpfe mit ihren spitzen Zähnen und den flachen, fledermausartigen Nasen.

»Plagegeister sind auf der ganzen Welt verbreitet«, sagte Hartriegel. »Leben unsichtbar und unerkannt bei den Menschen. Fast jeder Haushalt wird irgendwann befallen. Es ist äußerst schwer, sie zu erwischen.«

Ein Jähzornling streckte Hartriegel die gespaltete Zunge heraus. Fast gleichzeitig spuckte ein kleiner Wutschnauber violetten Schleim aus dem Käfig. Max trat einen Schritt zurück.

»Nett«, sagte er spöttisch.

»Sie regen sich schrecklich darüber auf, dass man

sie sehen kann. Es wäre ihnen viel lieber, wenn sie unsichtbar wären.« Hartriegel ging zum nächsten Käfig, in dem Vögel herumflatterten. Sophie hielt sie im ersten Moment für Spechte, denn sie hämmerten und hackten auf die zahlreichen Äste ein, mit denen der Käfig ausgestattet war. Erst beim Näherkommen erkannte sie, dass die Vögel unter den Flügeln greiferartige Auswüchse hatten. Damit konnten sie sich festklammern. Füße hatten sie keine. Das Gefieder leuchtete in allen Regenbogenfarben.
»Gemeine Nörgler.« Hartriegel klopfte gegen das Gitter. Sofort reagierten die Vögel mit unerträglichem Gekreische. »Hängen sich irgendwo ran und hacken immer auf demselben Punkt herum. Sehr unangenehm. Vermehren sich ungeheuer leicht.«
Der nächste Pavillon war verschlossen. Hartriegel öffnete die Tür mit einem Schlüssel. Sie betraten einen sechseckigen Raum mit zwei Vitrinen. In einer

standen die unterschiedlichsten Flaschen, von der Bierflasche bis zum dreieckigen Parfumfläschchen. Im anderen Glasschrank waren lauter Lampen untergebracht: uralte Öllämpchen, Grablichter, Taschenlampen, moderne Designer-Tischlampen, Salzkristallleuchten und Petroleumlampen.

»Unsere Gespenster-Konserven: Flaschen- und Lampengeister.« Hartriegel trat an die Vitrine mit den Flaschen. »In jeder Flasche sitzt ein Geist, der nur darauf wartet, befreit zu werden und dienen zu können. Diese Flaschengeister machen jede Schmutzarbeit und beschaffen ihrem Befreier aus Dankbarkeit alles, was das Herz begehrt.«

»Eigentlich eine Verschwendung, dass die alle hier rumstehen«, flüsterte Max Sophie zu. »Ich könnte gut einen Flaschengeist gebrauchen, du nicht auch?«

Sophie nickte. »Na klar. Er könnte meine Hausaufgaben machen, mein Zimmer aufräumen, an meiner Stelle zur Schule gehen ... Wär wirklich sehr praktisch.«

»In gewissen Zeitabschnitten muss man sie rauslassen, sonst werden die Flaschengeister zu ungeduldig.« Hartriegel wischte eine Staubschicht von der Vitrine. »Das ist allerdings nicht ganz ungefährlich. Denn manchmal hat es sich der Flaschengeist inzwischen anders überlegt und will demjenigen, der ihn befreit, den Hals umdrehen.«

Sophie schüttelte sich. Sie würde bestimmt nicht leichtfertig eine der Flaschen entkorken!
»Mit den Lampengeistern ist es im Prinzip genauso«, sagte Hartriegel und ging zu der anderen Vitrine. »Lampengeister werden nur noch schneller ungeduldig. Diejenigen, die eindeutig gefährlich geworden sind, werden in der Abteilung vier untergebracht. Das ist ein Bezirk, wo besondere Sicherheitsvorkehrungen herrschen. Ihr werdet ihn ein anderes Mal kennenlernen. Für den Anfang habt ihr genug gesehen.«
Max war sehr froh darum. Ihm schwirrte schon jetzt der Kopf von all den magischen und merkwürdigen Geschöpfen.
»Nur noch eins will ich euch zeigen«, kündigte Hartriegel mit geheimnisvoller Miene an. »Etwas Wunderschönes. Eine große Seltenheit.«
Sie verließen den Pavillon und betraten das gegenüberliegende Gebäude, nachdem Hartriegel aufgeschlossen hatte. Der Raum war leer bis auf einen gläsernen Tisch, auf dem ein großes Aquarium stand.
Hartriegel legte den Finger auf den Mund und bedeutete den Kindern, sich dem Aquarium langsam und auf Zehenspitzen zu nähern.
Zuerst sahen Max und Sophie außer Wasserpflanzen gar nichts. Dann schwamm ein Seepferdchen dicht an der Scheibe vorbei. Sophie wollte gerade fragen, was

daran so Besonderes sein sollte, als die Wasseroberfläche plötzlich in Bewegung geriet.
Eine winzige Nixe tauchte auf und schwamm an den Rand. Dort hielt sie sich mit ihren kleinen Armen fest, stemmte sich hoch und setzte sich auf den Beckenrand. Sie hatte langes blondes Haar und einen silbriggrünen Fischschwanz, der metallisch schimmerte.
Sophie hielt voller Spannung den Atem an. Die Nixe zog einen kleinen Kamm zwischen ihren Schuppen hervor und begann ihr Haar zu kämmen. Dabei summte sie vor sich hin.

Jetzt tauchte zwischen den Wasserpflanzen ein ebenso winziger Wassermann auf. Er hatte einen grauen Bart und eine dicht behaarte Brust. In der Hand hielt er einen Dreizack, nicht größer als eine Kuchengabel.
Er schwamm zu der Nixe an den Rand. Diese beugte sich nach vorne und gab dem Wasser mann einen herzhaften Kuss.
Sophie war so entzückt, dass sie einen kleinen Schrei ausstieß. Sofort sprang die Nixe ins Wasser und verschwand. Auch der Wassermann tauchte unter.

»Tut mir leid«, sagte Sophie zerknirscht. »Aber die beiden waren so niedlich …«
»Die Letzten ihrer Art, Nele und Nöck«, sagte Hartriegel leise. »Auf der ganzen Welt gibt es nur noch diese zwei Exemplare. Sie wurden im Mittelalter von Alchimisten künstlich im Labor geschaffen. Die meisten dieser Wesen sind schon tot. Wir hoffen seit Jahren, dass sich die beiden vermehren, aber es scheint einfach nicht zu klappen.«

Sophie hätte die Mini-Nixe und den winzigen Wassermann am liebsten mitgenommen. Sie hatte noch nie etwas so Entzückendes gesehen.
»Sie sind wunderschön«, schwärmte Sophie, als sie wieder draußen vor dem Pavillon standen. Sie war noch ganz erfüllt von dem Anblick dieser zierlichen Wesen. Max war auch völlig beeindruckt.

»Ich wollte euch Nöck und Nele unbedingt zeigen, damit ihr wisst, dass es im Gespensterpark auch Geschöpfe gibt, die alles andere als furchterregend sind«, meinte Hartriegel. »Vielleicht

könnt ihr euch jetzt eher mit eurer Aufgabe anfreunden.«
Sophie und Max sahen sich an.
»Vielleicht«, sagte Max.
Sophie nickte.
»Für heute reicht es«, entschied Hartriegel. »Ich schlage vor, wir benutzen für den Rückweg die *Zerberus-Schleuder*. Das ist der schnellste Weg, um ins Schloss zurückzukehren.«
»*Zerberus-Schleuder?*«, fragten Max und Sophie wie aus einem Mund.
»Ihr werdet sie gleich sehen. Kommt mit.«

In der Zerberus-Schleuder

Sie verließen das Rondell. Max warf einen Blick zurück. Er hätte gerne noch die anderen Pavillons besichtigt, aber Sophie sah etwas erschöpft aus und schien erst mal genug zu haben. Max nahm es ihr nicht krumm. Bei der Jagd auf Mafalda hatte sie sich ziemlich verausgabt. Und außerdem hatte sie ihm ja heute schon das Leben gerettet.

»Ich würde dich nachher gern noch zum Eis einladen«, sagte er spontan.

Sophie blieb so abrupt stehen, als sei Mafalda wieder vor ihr aufgetaucht. »Wie kannst du jetzt bloß an Eis denken?«

»Ich meine doch nur …«

»Ich werde die nächsten Wochen kein Eis mehr essen können«, behauptete Sophie. »Mein Bauch ist ein einziger Eisklotz und meine Gänsehaut ist inzwischen ein Dauerzustand. Ich bin gespannt, was Hartriegel jetzt vorhat. *Zerberus-Schleuder,* das hört sich schon wieder richtig fies an, findest du nicht?«

Max zuckte die Schultern. »Kann ich nicht sagen.«

Sophie stöhnte auf. »Weißt du eigentlich, wer Zerberus war? Ich hab neulich mit meinem Vater einen

Fantasy-Film gesehen, in dem der vorkam. Zerberus war ein Hunde-Ungeheuer bei den alten Griechen. Er bewachte die Totenwelt. Ein großes, gemeines Biest. Keiner konnte rein oder raus, ohne an dem Vieh vorbeizumüssen. So einem Höllenhund will ich heute nicht mehr begegnen …« Trotzig blieb Sophie stehen.

Max musste unwillkürlich lächeln. »Ach komm«, sagte er aufmunternd. »So schlimm wird's schon nicht werden.«

»Weißt du, was ich mir wünsche? Ein Bett, meine Wärmflasche, ein Glas Milch mit Honig und eine große Tafel Nuss-Schokolade. Dann bin ich glücklich. Ich will mindestens zwölf Stunden schlafen und von keinem einzigen Gespenst träumen!«

»Wo bleibt ihr?«, rief Hartriegel, der ein Stück vorausgegangen war.

»Wir kommen ja schon«, antwortete Max und fasste Sophie am Arm. »Bis jetzt hast du dich doch echt gut gehalten. Und außerdem ist es bestimmt gleich vorbei.«

»Das denkst du«, meinte Sophie, aber immerhin ließ sie sich mitziehen.

Hartriegel blieb vor einem felsigen Hügel stehen. Max wollte gerade fragen, wo denn nun die Zerberus-Schleuder sei, als sich vor ihm mitten im Felsen eine Öffnung auftat.

»Ein Maul«, sagte Sophie tonlos. »Ein durch und durch scheußliches Riesenmaul. Ich hab's doch gewusst!«
Jetzt erkannten die beiden, dass der Hügel in Wahrheit ein riesiger Hundekopf war. Grasbüschel wuchsen aus den Nasenlöchern. Die Augen waren schwarze, glänzende Teller, fast verdeckt von den buschigen Brauen, die aussahen wie verbranntes Gestrüpp.
»Das ist der kürzeste Weg zurück«, kündigte Hartriegel an. »Wir landen direkt im Schloss.« Und er machte Anstalten, das Riesenmaul zu betreten.
Max und Sophie entdeckten das mächtige Gebiss. Von oben und unten ragten riesige Zähne ins Maul, wie Stalaktiten und Stalagmiten in einer Höhle. Dazwischen zuckte die hechelnde Zunge.

Sophie wich ein paar Meter zurück.
»Zerberus tut euch nichts«, versicherte ihr Hartriegel. »Er verhindert nur, dass die Gespenster ausbüchsen. Normale Ebenen-Wechsler wie wir können ungestört passieren.«
»Da geh ich nicht rein«, versteifte sich Sophie. »Ich bin doch nicht lebensmüde. Der frisst uns unter Garantie. Ich hab keine Lust, Hundefutter zu werden.«
»Ich gebe euch mein Ehrenwort, dass Zerberus für uns völlig harmlos ist«, sagte Hartriegel. »Ich habe euch doch als Helfer angeheuert, weil ich euch brauche. Welchen Sinn würde es machen, euch unnötigen Gefahren auszusetzen?«
Sophie und Max sahen sich an.
»Stimmt«, sagte Max. »Das ist logisch. Ich trau ihm.«
»Können wir denn nicht wieder durch die *Allee der Träume* zurückgehen?«, fragte Sophie. Die Aussicht, noch einmal ihrem Mathelehrer zu begegnen, war nicht so schlimm wie der Gedanke, auch nur einen Fuß in das Maul des Höllenhundes zu setzen.
»Die *Allee der Träume* ist leider eine Einbahnstraße«, antwortete Hartriegel bedauernd. »Man kommt durch das magische Tor nur in den Gespensterpark hinein, aber nicht wieder heraus.«
Sophie kämpfte mit sich. »Es ist wirklich nicht gefährlich?«, vergewisserte sie sich noch einmal.

Hartriegel lächelte. »Ach was, keine Spur. Ihr müsst nur aufpassen, dass ihr nicht auf der Zunge ausgleitet und in den Rachen hinunterrutscht. Dann werdet ihr nämlich verschluckt und landet in den tieferen magischen Schichten. Es ist etwas kompliziert, euch dort wieder rauszuholen. Dafür müsste ich mindestens drei Mitglieder des *Geheimen Rats der Zwölf* verständigen. Aber unmöglich ist es nicht. Falls so etwas also je passieren sollte, braucht ihr nicht gleich zu verzweifeln.«
Sophie schluckte. Auch Max war etwas blass geworden.
»Tiefere magische Schichten?«, wiederholte er.
»Komm«, sagte Sophie entschlossen und packte seinen Ellbogen. »Wir rutschen nicht ab. Los jetzt, sonst kriege ich nie meine Wärmflasche und mein Glas Milch.«
Hartriegel ging voran. Es war ein merkwürdiges Gefühl, das dunkle Maul zu betreten. Unter ihren Schuhen bewegte sich die große Zunge. Es war fast so, als stünden sie auf Schiffsplanken. Ein modriger Windhauch empfing sie – der Atem des Ungeheuers.
»Ihr könnt euch an den Zähnen festhalten«, riet Hartriegel, der wieder seine Taschenlampe gezückt hatte. Ringsum erhoben sich rotviolett marmorierte Wände. Der Untergrund stieg sachte an. Sophie und Max mussten ein wenig klettern, was auf der feuch-

ten Zunge nicht einfach war. Einmal glitt Sophie aus und klammerte sich automatisch an einem Zahn fest. Sie schüttelte sich vor Ekel und wischte ihre Hand sofort an der Hose ab.

»Seht ihr das Ding da oben?« Hartriegel deutete in die Höhe. Von oben herunter hing ein violetter Zapfen. »Das ist das Gaumenzäpfchen. Um ins Schloss zurückzukehren, müssen wir es nur kitzeln.«
Ehe Sophie und Max weitere Fragen stellen konnten, stellte sich Hartriegel auf die Zehenspitzen und berührte den Zapfen. Sofort fing ringsum alles an zu beben. Max und Sophie hielten sich aneinander fest. Aus den Tiefen des Rachens ertönte ein dumpfes Grollen, dann hustete das Ungeheuer. Sophie und Max wurden von einem gewaltigen Luftwirbel ergriffen und in die Höhe geschleudert. Ihnen verging Hören und Sehen.

»Hilfe!«, kreischte Sophie und tastete blindlings ins Leere, denn sie hatte Max verloren. »MAX! Wo bist du?«
Doch da landete sie schon mit einem leichten Plumps auf dem Boden.
Sophie blinzelte. Über ihr hing der Kronleuchter. Sie saß im Schloss – mitten im Drudenfuß. Max und Hartriegel waren hinter ihr gelandet, heil und unversehrt.
Hartriegel stand auf und klopfte sich den Staub von der Hose.
»Hab ich's nicht gesagt? Die *Zerberus-Schleuder* ist der schnellste Rückweg. Und es war doch gar nicht so schlimm, oder?«

»Na, ich weiß nicht«, sagte Sophie etwas später zu Max, als sie ihre Räder aus dem Parktor schoben. »Ich kann noch immer nicht glauben, dass das alles wirklich passiert sein soll. Wahrscheinlich träum ich das Ganze nur. Kneif mich mal.«
Max gehorchte.
Sophie zog eine Grimasse. »Wenn man träumt, dass man gekniffen wird, tut's im Traum auch weh. Das ist kein Beweis.«
Max hatte sich noch einmal umgewandt. »Schau mal.« Er deutete auf die Hecke.
Das Tor, aus dem sie gerade gekommen waren, war

plötzlich wieder verschwunden. Nirgendwo war mehr eine Spur davon zu sehen.
»Also haben wir uns das Ganze doch nicht eingebildet.« Sophie seufzte.
»Ich fürchte nicht«, antwortete Max. »Was meinst du? Sollen wir uns hier nochmal blicken lassen?«
»Wir haben ja ein paar Tage Bedenkzeit«, meinte Sophie. »Hartriegel erwartet uns erst am Montag wieder.«
Sie stiegen auf ihre Räder und radelten heimwärts. Auf der Rückfahrt liefen die Ereignisse des Nachmittags noch einmal wie ein Film vor Sophies Augen ab: die Buchsbaum-Enten, Mafalda, Max' Bewusstlosigkeit, die gefährliche Jagd mit dem glücklichen Ende, Hartriegels Geständnis und dann der Abstecher in den Gespensterpark …
Sophie bremste so abrupt, dass Max ihr fast ins Hinterrad gefahren wäre. »Wir haben bestimmt erst einen ganz kleinen Teil gesehen. Der Gespensterpark muss riesengroß sein.«
»Ist mir auch grad durch den Kopf gegangen«, antwortete Max. »Abteilung vier würde mich interessieren. Was da wohl drin ist?«
»Nele und Nöck sind so niedlich«, sagte Sophie versonnen. »Ich glaube, die muss ich mir unbedingt nochmal angucken.«
»Die *Zerberus-Schleuder* ist eigentlich auch nicht

so wild«, meinte Max. »Ist doch ziemlich praktisch, dass man dann gleich mitten im Schloss landet.«
Sie sahen sich an. Beide dachten dasselbe.
»Also Montagnachmittag um drei?«, fragte Max.
Sophie grinste. »Ich glaub schon.«
Sie stiegen wieder auf ihre Räder. An der Kreuzung vor Max' Straße trennten sie sich.
»Ich ruf dich morgen Vormittag an«, rief Max Sophie nach.
»Nicht vor elf«, baute Sophie vor. »Ich will ausschlafen.«
»Okay, dann um elf!«

»Du kommst spät«, empfing Frau Hoppe ihren Sohn. Dann fiel ihr Blick auf Max' Kleidung. »Wie siehst du denn aus?«
Max schaute an sich herunter. »Bisschen schmutzig geworden. Tut mir leid.«
»Zieh deine Schuhe aus, sonst machst du den ganzen Flur dreckig«, sagte Mama. »Und wasch dir die Hände. Deine Kleider wirfst du am besten gleich in den Wäschekorb.«
Max gehorchte und verschwand im Bad. Er begutachtete sich im Spiegel. Abgesehen davon, dass er etwas erschöpft wirkte, sah er aus wie immer. Man merkte ihm nicht an, dass sich heute Nachmittag das ganze Leben für ihn verändert hatte.

Julia stürzte ins Badezimmer. »Dein Abendessen wird kalt«, verkündete sie.
»Kannst du nicht anklopfen?«, fragte Max.
»Ich muss mal.« Julia hockte sich aufs Klo. Da entdeckte sie die Schutzgemme, die Max auf den Wäschekorb gelegt hatte. »Oh, woher hast du den schönen Stein?«
»Gefunden.«
»Krieg ich ihn mal?« Julia streckte verlangend die Hand aus.
»Nur zum Angucken«, sagte Max mit Nachdruck und reichte Julia den Stein. Sie betrachtete ihn interessiert und fuhr mit dem Zeigefinger die eingeritzten Zeichen nach.
»Tauschst du ihn?«, bettelte sie. »Ich geb dir meine rosa Muschel dafür.«
Max hatte seine Schwester wirklich gern, aber die Schutzgemme konnte er nicht hergeben. Im Gespensterpark würde er sie sicher noch gut brauchen können. »Geht nicht.«
»Und noch meinen Dollar.« Der Dollarschein, den Julia einmal bei einer Tombola gewonnen hatte, war bisher ihr ganzer Stolz gewesen.
»Ich kann nicht tauschen«, entgegnete Max. »Das ist kein gewöhnlicher Stein. Er wollte nämlich, dass *ich* ihn finde … Darum muss ich ihn behalten.«

»Er wollte, dass *du* ihn findest?«, wiederholte Julia ungläubig.
»Na ja, es ist so eine Art Zauberstein, verstehst du?«
Julias Augen fingen an zu leuchten. »Ein Zauberstein?«
»Max, Julia, wo bleibt ihr?«, rief Mama von der Küche aus. »Isst hier neuerdings jeder extra zu Abend?«
Max lief rasch in sein Zimmer, um eine saubere Hose anzuziehen. Den Stein steckte er in die Tasche. Der Spinat auf seinem Teller war inzwischen so gut wie kalt, aber Max aß ihn, ohne zu murren. Papa erzählte, dass er für Mümmi einen neuen Kaninchenstall bauen wollte.
»Ich hab jetzt übrigens einen Job«, sagte Max, als sie mit dem Essen fertig waren und die Teller zusammenstellten. »Einen Job?«, hakte Mama gleich nach. »Was denn?«

»Ich helfe einem alten Mann im Garten«, antwortete Max vorsichtig. Richtig gelogen war das nicht. Es stimmte zumindest zum Teil. »Sophie ist auch dabei. Er zahlt uns vier Euro die Stunde.«
»Eigentlich hättest du uns erst um Erlaubnis fragen müssen«, wandte Mama ein. »Wie oft gehst du denn da hin? Hast du dann überhaupt noch genügend Zeit für die Schule?«
Zum Glück ergriff Papa sofort für Max Partei. »Gartenarbeit find ich prima. Da bist du viel an der frischen Luft. Das ist gesünder, als dauernd hinter dem Computer zu hocken.«
Wenn ihr wüsstet, dachte Max.
»Und Sophies Eltern haben nichts dagegen?«, fragte Mama noch einmal nach.
»Ich glaube nicht.«
»Na ja, wir werden sehen, wie sich das alles entwickelt«, meinte Frau Hoppe. »Wenn die Schule darunter leidet, musst du natürlich damit aufhören.«
»Ich krieg schon alles auf die Reihe«, behauptete Max.
»Hoffentlich.« Mama wandte sich an Julia. »Jetzt schleunigst ab mit dir ins Badezimmer und dann ins Bett. Es muss nicht jeden Abend so spät werden.«
Julia rutschte gehorsam vom Stuhl. »Kann Max mir noch eine Geschichte vorlesen?«
»Machst du das, Max?«, fragte Papa. Er, Mama und

Max wechselten sich abends immer mit dem Vorlesen ab – je nachdem, wen Julia gerade verlangte.
»Meinetwegen«, antwortete Max.
»Aber wehe, du erzählst ihr wieder so eine Geschichte, bei der sie sich fürchtet«, sagte Mama. »Das machst du doch zu gerne.«
»Quatsch.« Max musste grinsen.
Julia grinste zurück. »Ich fürchte mich nie.«
»Na, dann beeil dich mal.« Max gab seiner Schwester einen sanften Klaps. »In fünf Minuten komm ich an dein Bett.«
Julia verschwand.
Ein Klacks Zahnpasta klebte noch in ihrem Mundwinkel, als Max sich etwas später auf Julias Bettkante setzte. Max wischte ihn weg.
»Zeigst du mir nochmal den Zauberstein?«, bettelte Julia.
Max seufzte und zog die Schutzgemme aus der Tasche. »Hier. Aber sei vorsichtig damit.« Er nahm Julias Lieblingsbuch vom Nachttisch. »Und welche Geschichte wünscht die gnädige Prinzessin heute?«
Julia grunzte zufrieden, als sie den Stein in der Hand hielt. »Denk dir was aus. Aber es muss schön gruselig sein!«